Chumbo

Chumbo

/

Virgínia
Ferreira

romance

Editora Quelônio

Para meu pai, José Antonio da Silva

"Do mesmo modo, quando dormimos, separados do mundo, perdidos numa profunda introversão, numa viagem de volta a nós mesmos – vemos também, vemos nitidamente sob as pálpebras fechadas, porque naquele tempo os pensamentos acendem em nós a tocha interior e luzem delirando ao longo dos compridos pavios, inflamando-se de um a outro nó. Assim ocorre em nós uma regressão total, uma retirada ao fundo, uma viagem de volta às raízes."

Bruno Schulz, *Sanatório*

CAPÍTULO / UM

Descida

O dia se apagou assim que Paulo ouviu a voz de prisão.

Era novembro de 1969. Por volta das três da tarde. Eu sabia que os colegas da base estavam caindo, mas, quando me chamaram, não imaginei. A captura aconteceu à paisana. Você está preso, nos acompanhe. O coração retumbou e nada mais foi dito. Houve um baixar de pálpebras mais lento que um piscar involuntário. Assim que abriu os olhos, já estava acompanhando os dois homens. Caminhava sem saber como, suava, mas não sentia calor. Percorreu todo o departamento financeiro sem coragem de olhar para trás e para as pessoas pelas quais passava. Não voltou ao posto de trabalho, ninguém foi avisado. Com a roupa do corpo – calça jeans e camisa azul de manga curta e bolso –, atravessa a entrada principal. A gente fala que foi preso, mas fui sequestrado, não havia documentação, ninguém era fichado. Saiu da empresa, assim como do dia a dia familiar, do namoro e das reuniões.

Saiu de uma vida para despencar em outra.

Dentro do Fusca, a calça suada no banco de couro sintético. A camisa colada nas costas. Mesmo sem algema, estava preso. Não sabia para onde seria levado. Dentro desse novo mundo, não haveria respostas. Nenhuma previsão do que aconteceria depois e depois. Quem teria de dizer alguma coisa seria ele: fala, comunista filho da puta. Foi levado ao quartel da Força Pública e conduzido para uma grande sala, onde havia policiais e presos. Um dos mais velhos levou um tapa na cara de um cabo troncudo, moreno e com o cabelo raspado acima do pescoço – parecia um lutador de boxe e tinha o apelido de Microcéfalo. Paulo procurava por um rosto conhecido, não encontrou. Fui o último do meu grupo a cair e estava todo mundo em São Paulo. Eu me sentia no escuro, sem saber bem o que estava rolando.

Ao descer para a cela viu Guido, que viria a ser seu amigo, em uma maca no chão. Gemia de dor, sozinho. É uma grande agonia não saber o que vai acontecer com um companheiro. Durante mais ou menos três dias, Paulo ficou em um antigo açougue do quartel que fora transformado em cela: grades, piso frio e um balcão. O comando da guarda levava as refeições. Era uma equipe de soldados. A gente ouvia a marcha. Mas tinha horas que não era o bandejão, era para bater na gente ali mesmo, perguntar alguma coisa, humilhar. Ouvir a marcha deixava a gente em estado de choque. Não saber para o que se preparar é tomar um susto que não acaba. Nesse primeiro presídio, Paulo foi apenas levemente interrogado. Você tem de saber que interrogatório é pauleira, é porrada, tortura. Então no começo foi tranquilo.

No inferno tem sempre um cantinho que é legal.

Improvisaram um tabuleiro de dama no chão da cela. De um lado, as peças eram feitas de papel higiênico molhado e depois ressecado. De outro, pedaços de miolo de pão endurecidos. Guido iria se lembrar desse jogo cinquenta anos depois, quando se encontraram para redigir seu processo de anistia. Estavam no meio da partida quando um policial se dirigiu a Paulo: vai se arrumar para viajar. Não teve tempo de movimentar nenhuma peça nem mesmo de olhar para o amigo. Levantou-se e saiu. Nunca entendeu por que foi do quartel de Ribeirão Preto para o de Pirassununga.

Fui com o companheiro Constantino. Não me esqueço porque era aniversário de quinze anos da sua filha e ele chorava muito. Passaram uma semana ali, só os dois na cela.

Um dia, levaram Constantino, e Paulo ouviu os tiros. Mais de uma pessoa atirando. Sentou em um canto sem conseguir piscar os olhos, até ser surpreendido pela volta pálida do companheiro. Como alguém volta de um fuzilamento simulado? Quase morto. Soldados com fuzil na mão falam que vão te matar e atiram em sua direção. É difícil ver um amigo indo para o pau, a gente nunca sabe se ele vai voltar e de que jeito. Depois, viajamos de novo em uma Chevrolet Veraneio. O motorista na frente, nós dois atrás, algemados de modo bem desconfortável, meu braço esquerdo preso ao direito dele e vice-versa. No último banco, dois policiais da Oban com metralhadoras. Foram levados ao Doi-Codi de São Paulo. Separados na entrada, nunca mais se viram.

Ali eu ia ser ralado de verdade.

Inatividade

Entrou sem saber que não poderia sair. Estava para dentro. Diante do corredor comprido e estreito, observou a iluminação vinda dos cômodos e espaços adjacentes. A luz do sol entrava mesmo sem haver janelas. Começou a andar e, quanto mais avançava, mais ouvia o eco de vozes e gemidos. Na primeira sala e nas seguintes, assistia a encenações dramáticas. Pessoas quebradas e retorcidas, faltando pedaço. Viu seu pai morto, deitado com uma faca no peito. Em outra, uma atriz de novela transava em pé com um homem. Ana olhava e havia evidências incontroláveis do que sentia: um líquido escorria de sua vagina por um cano de plástico. O casal apontava para ela e ria. Queria se esconder, fugir, não gostava de fazer parte daquilo, mas não havia opção. Deveria permanecer. Entendeu que deveria suportar o insuportável. Parou de resistir. Deixou-se caminhar pelo sonho, apesar da angústia.

Se uma câmera a vigiasse, captaria a vida de uma pessoa que despende tempo trabalhando, cozinhando, caminhando pela cidade, lavando roupa e limpando a casa. Não ficaria registrado que Ana se movimenta contra a demora do tempo. Faz tudo no intuito de que o dia passe e de que os pensamentos não a deixem arrasada no chão da sala. Ao escurecer, não se sente tão desafiada pelo passar dos segundos. Permite-se aquietar e, quanto mais quieta, mais pensativa. Finaliza o dia e adormece imaginando coisas. No quarto escuro, os olhos tremem entreabertos e, finalmente, consegue viver um pouco – no interior dos sonhos.

Quem a visse dormindo não poderia supor a ventania que passava por dentro dela.

Enganou-se quem disse que as pessoas são todas iguais durante a noite.

Convergência

Na companhia distante das pessoas no vagão do metrô, pensa no porquê não sonhava com orquídeas.

Uma moça está sentada no banco à sua frente. Loira, cabelos mais ou menos lisos. Ana não olharia se a mulher não tivesse um tique nervoso: a boca repuxa a cada três segundos. Não consegue parar de olhar e sente vontade de estancar aquele movimento. Logo em seguida, deseja tomá-lo para si – sempre acreditou que tiques esvaziavam angústia. Após esse lampejo de cobiça, cogita se poderiam ser grandes amigas. Intui que conheçam, de antemão, os segredos uma da outra. Até mesmo aqueles que a gente esconde enquanto fala. Começa a se emocionar e a ficar agitada, se tranquiliza quando a moça desce na estação. De todo modo, gosta de sentir essa quase cumplicidade. O tique a faz se lembrar de Paulo, irmão de sua mãe, a quem gostaria de chamar de pai.

Se algum dia Ana conseguiu encaixar uma peça de lego na outra, no intuito de construir o primeiro edifício de uma cidade, o fez sob seu olhar. Morou com ele durante as intermitentes separações dos pais. Assim como o trejeito da desconhecida, a gagueira do tio sempre a deixou fascinada. Desde pequena, gostava de ouvir as conversas que ele e sua mãe tinham na mesa da cozinha. Não demorou muito para que passasse a acompanhá-los, algumas vezes quieta, outras arriscando uma opinião. Foi nessa mesa retangular, com imitação de mogno claro, que Paulo e Ana começaram a conversar e nunca mais pararam. Houve uma fase em que ela passava na casa dele depois do trabalho, para que tivessem uma hora ou duas de bate-papo e uma hora ou duas de silêncio, enquanto jogavam xadrez. Quase sempre falavam de política.

Paulo não era muito assertivo nos temas pessoais. Não conversavam sobre namoros e encontros amorosos. Ana os tinha de menos, e Paulo os tinha demais – sempre teve talento com as mulheres. Se ela tentasse entrar no assunto, ele se valia de uma espécie de cautela. Veja bem. E o diálogo não se estabelecia. Talvez essa ponderação tenha vindo dos anos de seminário. Aprendeu latim e um sentido mais humanitário de vida: compreendia a dificuldade de cada um e não trabalhava com o certo e o errado. Ana, por outros motivos, também não conseguia opinar quando o tema eram os afetos. Juntos, preferiam falar de ideologia de classe e de grupos economicamente instituídos.

Causa

Paulo foi arremessado na cela de uma prisão do Doi-Codi. Foi metido na história pelas mãos dos homens que o torturaram. O trabalho de parto começou na sala de interrogatório. Era noite quando o amarraram sem roupa em uma cadeira alta em que seus pés, atados, não alcançavam o solo. Colocaram fios nos dedos, orelhas e pênis. Cinco ou seis homens à sua frente. Outro atrás, enviando os choques. Era choque atrás de choque e uma repetição infindável de perguntas. Dentro de cada hora, quanta eletricidade pode atravessar um corpo? Até que foi jogado de volta na cela. Tremia nu em posição fetal. Pensou que encontraria algum alívio. No entanto leu na parede descascada: aqui morreu um.

Foi transtornado com essa pequena frase que Paulo, aos vinte anos,

nasceu gago de tanto tremer.

Talvez não soubessem que, com a prisão e a tortura, estavam dando sentido à vida de um homem. Ao longo dos dois anos em que passou preso, leu os livros e teve as conversas que lhe fizeram compreender melhor e se posicionar com mais clareza no mundo. No Doi-Codi e no Dops não entrava nem mosquito, mas no Presídio Tiradentes a gente conseguia ler alguma coisa. O pessoal de fora pegava um livro progressista, de esquerda, e trocava a capa, o prefácio. Ficava só o conteúdo – era uma obra de arte. Eu me formei na prisão. À época de sua detenção, trabalhava durante o dia e estudava à noite. Estava ligado ao movimento estudantil, mas era dos mais jovens e não sabia muito bem o que tudo aquilo significava. Participava das reuniões da Ação Libertadora Nacional porque a maioria dos seus amigos estava lá.

Ao sair do Presídio Tiradentes, já tinha uma leitura bastante clara do que via nas ruas – também nas fábricas, escolas, partidos políticos, sindicatos e delegacias. Ao olhar para os ônibus e para o motorista, para o caixa do supermercado, os funcionários de uma obra almoçando na calçada, passou a ver luta de classes, explorados e proletários. A visão de esquerda deu rumo à sua vida. Paulo começou a deixar mensagens revolucionárias não apenas em sua atuação no movimento, como também quando perguntava à moça do caixa se ela recebia hora extra.

Por onde trabalhou, criou jornais entre os funcionários. Um deles, em um escritório de contabilidade, chamava-se *A Construção*. O maior objetivo era reunir os trabalhadores em torno da elaboração das pautas e matérias. Eu não publicava artigo comunista. Era algo mais corporativo, marcava as datas de aniversário. Não propagandeava o assassinato, a tortura nem a ditadura. A única coisa subversiva era o fato de fazer o jornal: revolução a gente faz onde a gente está e como a gente pode. A ação era política. Em sua vida profissional, também compôs diretorias de sindicatos e de associações de bairro.

Isso era o que todo mundo podia ver.

O que nem todos viam foi que, ao sair da prisão, ele carregava uma outra bagagem. Presente em cada piscar de olhos e na umidade da retina. Em toda gota de suor e nas palavras que não queriam mais sair da sua boca. A suposição de que estava sendo vigiado atravancava a garganta. O medo estava na percepção aguçada e atenta. Em cada virada de pescoço e na audição que se ampliava. Acordado ou dormindo, perseverava a sensação de que estava sendo perseguido. Esse é o mal de quem passa pelo inferno – muito inferno mesmo, chegou a dizer para Ana. Todo mundo querendo te massacrar.

A tortura é um ato brutal. Eles batem e dão choque, é pau de arara, palmatória, eles matam pessoas com a tortura. Quebram a mão, o braço. É coisa muito brava. Tem sadismo também. Furavam os olhos, literalmente. É violento. A gente sai com muito medo do sistema. Medo de passar por tudo outra vez.

Silente

Procura captar algo das rotinas enquanto observa as pessoas na rua. Gostaria de sugar qualquer pedaço de vida. Numa das esquinas, um comerciante ajeita as flores que ela nunca pensa em comprar. As sensações de Upper West Side já lhe soam familiares: o tempo de espera até que o sinal feche, o tempo para atravessar a rua, os intervalos previstos. Se o mundo não é tão confortável, esses pequenos entendimentos são como aquelas cápsulas de plantas calmantes – não chegam a resolver, mas, quem sabe.

Começa a nevar. Desde a queda esvoaçada dos primeiros flocos,

nada mais repousa dentro dela.

A neve se avoluma rápido, a paisagem fica opaca e o branco vai ocupando as superfícies. Veste a capa de chuva. Não entende como pequenos cristais podem cobrir a cidade. Sente a chuvinha em seu rosto e respira o frio. Percebe as pontas dos dedos perdendo calor. Olha para as pegadas que deixa e questiona se são mesmo suas. Pega um pouco de neve nas mãos. Estranha a leveza da parte, diante da intensidade do todo. Volta a contemplar o branco: no céu, nos carros, folhas e galhos. O som urbano ecoa abafado.

É o silêncio mais bonito que já ouviu.

Em seus últimos meses em São Paulo, não conseguia cogitar nada que fosse leve, apenas pensamentos espessos entre licenças médicas e esforço para acordar todos os dias. Pela primeira vez, em trinta e seis anos, tinha ido parar em um consultório psiquiátrico. Com alguns meses de tratamento, saiu do jornal onde trabalhava havia mais de dez anos – parece ter percebido que o trabalho já não vinha funcionando como esconderijo.

Sempre se dedicou mais aos estudos que aos relacionamentos. No campo profissional, desenvolveu-se como uma mulher do século XXI. No dos afetos, nunca se localizou muito bem. Não conseguia estar dentro de uma relação. Um dia, estava em uma festa, quando um moço veio lhe dizer que ela era do século XIX. Fez essa afirmação mais de uma vez enquanto ela não conseguia dizer que não acreditava naquela bobagem, mas, quem sabe, ele estivesse certo. Imaginou se poderia ser uma personagem de um livro do Romantismo. Não. Pondera que nenhum século lhe seria adequado. Havia nela uma crise de pertencimento.

Invisibilidade

Acreditava querer uma relação duradoura, mas não se movimentava no sentido de desenvolver os relacionamentos. Conhecia alguns homens, saía com eles por um tempo, mas logo os encontros cessavam. Era desejada, mas não confiava na intensidade do desejo. O que dizer do afeto? Mesmo sendo dito com palavras sussurradas, ensaiadas ou escritas, era silenciosamente desacreditado e

se dissipava antes de existir.

Apesar de não acreditar que o gozo lhe dizia respeito, gostava do encontro de corpos. Sem admitir a possibilidade de haver carinho ou estima, queria estar com alguém. Tinha a sensação de que nunca chegaria o dia em que quisessem vê-la de novo, de novo e de novo, dia após dia, até o ponto em que aqueles encontros pudessem ser chamados de namoro. Fazer parte de uma relação duradoura seria a prova de que conseguia compartilhar importâncias mundanas.

Esforçava-se para estar nos encontros como se tudo fosse real, mas nunca dominou a manipulação dos artefatos que deveriam se colocar entre ela e o outro. Certo dia, a pessoa com quem estava saindo sugeriu que ela usasse maquiagem mais vezes. Olhou para o espelho retrovisor do carro e observou partes recortadas de seu rosto. O pó prateado acima dos olhos e os lábios ficavam brilhantes com a luz amarelada dos faróis. Espantou-se por se achar bonita, porém duvidou que usaria aquilo mais vezes. Nunca te vi toda de preto. Imaginei que viesse de vestidinho. Não entendia essas frases.

Preferia que não pudessem vê-la direito.

Preferia estar sem roupa na frente de homens entorpecidos. Embora nem isso a livrasse da tensão dos artefatos. Sua barriga se tornava um. A bunda, os braços. Não gostava dessa lista. Não entendia por que enumeravam belezas e feiuras. Não havia, em seu repertório, uma resposta para isso. As palavras iam faltando até que, ela mesma,

sumia.

Sentia a angústia da falta absoluta de expressão.

Ana não enxergava bocas, braços e abdômens. Manejava mal o mundo e seus entulhos. Poderia usar um vestido florido. Poderia até se olhar no espelho. Mas sabia que não haveria vestidos floridos para todos os dias de sua vida.

Chegou a pensar que ficaria para sempre fazendo tudo aquilo que não era dela até ser despejada em situações inusitadas. Certa vez, em um bar, foi trocada no meio da noite por uma moça que ostentava a barriga de fora. Interessou-se pela dança de corpos, posturas e desejos que se desenrolava na sua frente, mas preponderou a incômoda sensação de estar na coxia, sem ter decorado o texto e sem previsão de entrada em cena.

Ana tentou falar línguas estrangeiras e se deixou conduzir por propostas indecorosas sem nunca estar presente. Observava aqueles homens falando sozinhos e tentava decifrar a espécie de ponte que deveria construir para viver tudo aquilo com naturalidade. Não é que não conseguisse construir laços, mas, antes disso, não conseguia comparecer. Recorreu a vestidos, usou preto e borrou os olhos. Não se divertiu. O que querem de mim? Essa é a pergunta que se fazia a cada segundo.

Até que conheceu Henrique. Conversavam por horas sentados em engradados na calçada de algum boteco e transavam sem cerimônia. Passou anos sem elogiar seu corpo, e Ana se sentiu tão à vontade que perguntou: o que você acha mais bonito em mim? Os encontros passaram a se chamar namoro.

Contudo a vida não é novela, e esse não foi o começo de um final feliz. Quem não enxerga a si mesmo não pode enxergar quem quer que seja. Ana caiu, desavisada, numa teia pegajosa. Não percebeu até que estivesse inteiramente presa. O fato é que foi preciso mudar de continente para se desvencilhar do emaranhado. Hoje, caminha sem olhar para os lados. Qualquer início de relação pode ser um tropeço.

Escondida em meio a tanta gente, quem sabe conseguisse se encontrar em um esbarrão no meio da rua ou à sombra de uma cerejeira em um dia de primavera. Enquanto isso não acontece, continua procurando reconhecer um traço pessoal. Imagina que um dia aparecerá um fio bem acima de sua cabeça. Pegar essa linha seria como tentar se lembrar de um sonho. A chance de agarrar cada vez mais o vazio é grande,

no entanto, se conseguisse puxar a linha,

poderia encontrar um detalhe de si.

Enfado

Está no café onde gosta de trabalhar – precisa terminar de escrever a matéria. Preferia não ver a moça gesticulando tanto ao falar com uma amiga ao telefone. Desvia o olhar. Ana percebe o movimento que o cabelo da garota faz no topo da cabeça. Nota que, em alguns momentos, ela até ameaça se acalmar, mas, antes de assentar o peso no banco, um novo impulso de fala e movimento a fazem levantar e encher o ambiente de tumulto. Ana pensa em ir embora. Mas se distrai ao observar a cidade pelo vidro: gosta de ver as luzes, pessoas e objetos de dentro do café misturados com o lado de fora. Hipnotiza-se com as imagens até

ver o que não existe.

Nota um homem conversando sozinho. Assusta-se ao se dar conta de não ter enxergado a presença de um colega. É um susto jubiloso. Sempre gostou de deturpações visuais. Quando pequena, entretinha-se inserindo na piscina de sua casa o cabo com a rede de pegar insetos, folhas ou alguma mancha oleosa. Gostava de observar o desvio que o cabo fazia ao entrar na água. Depois, não se interessou em decodificar o evento pelo estudo da física. Nunca quis traçar vetores, semicírculos côncavos e convexos que pudessem circunscrever os fenômenos numa explicação.

A garota desligou o telefone e passa a olhar para Ana de tempos em tempos, sem nenhum anteparo. Talvez tenha percebido algo do incômodo e tenha se incomodado também. Quem sabe esteja apenas olhando na direção, e não propriamente para ela. Ana se sente observada. Cada olhar é o arremesso de um pedrisco em sua pele. Seu maior receio é que ela lhe diga algo, que queira iniciar uma conversa. Sentiria as pedrinhas entrando em seus ouvidos e pesando sua cabeça.

Olha para o computador no intuito de marcar resistência ao diálogo. Desliza os dedos pela testa como quem possui pensamentos suficientes para ocupar a atenção. Contudo consegue somente abrir espaço à entrada da garota. Está assim, desajeitadamente aberta, quando o olhar vem junto com a tomada de ar que antecede a palavra. Ana se levanta antes de ser atingida pelo som que não chega a ser emitido. Joga rápido o copo de café no lixo, fecha o computador, veste o casaco, empurra a porta e sai na tarde escura do inverno. Na rua, recupera espaço enquanto respira. Deformações de sua pele vão se desfazendo. É acolhida no vai e vem de anônimos. Gosta de ser mais uma a escorrer pelas ruas.

Como se o que importasse fosse o caminho e não o bueiro onde desaguariam.

Ao entrar no apartamento, coloca em cima da cama de casal tudo o que se carrega no frio. No banheiro, liga o chuveiro, senta-se ainda de roupa na beira da banheira e, com a mão fria na água fria, espera que ambas comecem a esquentar. Deixa a roupa no chão. Embaixo da água, sua pele começa a avermelhar. Termina o banho com o corpo quente. Demora-se um pouco mais no espelho do banheiro. Admira seu rosto, o nariz e a boca. Nota cada parte e a parte da parte, até que tudo se desmancha, não se reconhece. A insistência do olhar havia deixado tudo diferente. A pele, cada ondulação que o rosto faz, nada parece ser seu. Será que é dessa maneira que me veem?

Pela primeira vez, sustenta o olhar para uma estranha.

Chora. Pensa em quebrar o espelho.

Veste uma calça antiga de pijama e uma camiseta. Aquece

um prato de macarrão no micro-ondas e come em silêncio. Pensa em beber um pouco de vinho, desiste. Joga-se na cama, pensa em se masturbar, desiste. Suspira ao reconhecer que não retém vontades, todas soam caprichos, supérfluos altamente dispensáveis. Acostumou-se a não fazer questão.

Talvez, a única vontade que sinta seja a de arrancar, com as mãos, o vazio de dentro de si. Nesse momento, ele está em algum lugar

entre o peito e a garganta.

Dolorimento

Certo dia, enquanto jogavam xadrez, Paulo lhe contou que havia sonhado com um jogo de futebol – ele sempre gostou de futebol. Sabe o que eu era, Ana? A bola. O fato é que, após a prisão, sua vida ficou absorvida em uma lógica que não dava descanso, inclusive durante o sono. Nunca mais pôde sair de casa sem o pressentimento de que o mal maior se abateria sobre ele. Desde sensações corriqueiras, como ter de sacar dinheiro e imaginar o caixa eletrônico fechado, até surtos chamados de alucinações persecutórias. O limite entre a perseguição e a mania de perseguição não é tão claro. O caixa eletrônico pode estar fechado e, a qualquer momento, uma merda muito grande pode acontecer.

No dia em que saiu da prisão, ainda estranhava a rua e o tamanho dos carros quando identificou, na rodoviária, um funcionário do presídio. O mundo, que lhe parecia grande depois de tudo que viveu, foi todo para dentro de sua barriga. Sentiu medo de cagar nas calças e gaguejou desconfianças com o companheiro que também ia para Ribeirão Preto. A única coisa de espetacular da nossa saída foi esse funcionário aí. Talvez estivesse vendo se a gente ia para algum aparelho da organização. Entretanto não nos molestou, era subalterno. Nesse caso, acho que não houve perseguição.

A casa em que morava com a família era a última de um beco. De um lado, o muro, de outro, muretas e portões, não muito altos, marcando a entrada das residências. A sua era rodeada por um muro baixo e um pequeno portão de ferro – um braço adulto poderia abrir, pelo lado de fora, a maçaneta que ficava do lado de dentro. A porta de madeira da sala, entreaberta, regulando a entrada do sol, do calor e do ar. A tarde parecia quieta até Paulo ouvir uma sirene. Pulei o muro da minha casa, o do vizinho e o outro muro e saí na outra rua achando que era a polícia vindo me buscar outra vez. Era apenas uma ambulância. A cabeça fica nessa lógica e o corpo acaba exausto.

No cinema, não conseguia se concentrar tanto no filme, mas prestava atenção na guarda civil que circulava por ali. Vou sair antes de acabar porque na hora do fim o pessoal virá me buscar. Precaução. Muitos anos depois, quando já morava sozinho, comprou um rádio Philips. Era uma caixa retangular daquelas com frisos de madeira e botões cromados. Coloquei uma antena que era para pegar o noticiário de Cuba, Rússia e China – eles tinham programas em português. Eu escutava no quarto, baixinho e no escuro, para os vizinhos não perceberem. Ouvindo a voz cubana, descobri o assassinato do Honestino Guimarães.

Cinco anos depois da saída da prisão, em 1977, a professora da faculdade pediu para que ele deixasse de ser o monitor de uma disciplina da Economia. Explicou que um homem do Serviço Nacional de Informações havia procurado por ela. Ana o viu chorar no momento que ele lhe contou esse episódio. Olhou para cima, os olhos se encheram de lágrimas e a boca ficou apertada. Paulo nunca conseguiu se formar. Era dos melhores. Havia lido os livros mais de uma vez. Quando apresentava algum trabalho na sala de aula, não se ouvia um zunido de mosquito. Como advertiu certa vez: depois da prisão, as coisas não vão para frente, ou vão com muito custo. Durante um seminário que apresentou, suou por todos os poros do corpo e ensopou a camisa de tanto gaguejar para pronunciar as palavras burguesia e proletariado. Mesmo que essas expressões fizessem parte do conteúdo, mesmo que o professor, percebendo sua agonia, lhe tenha dito para dar nome aos bois,

nunca se sabe quem é um dedo-duro.

Todas as manhãs, via na rua de sua casa um Fusca estacionado e, quando ele virava a esquina, o carro dava a partida e saía atrás. Todo cuidado é pouco. Com a redemocratização, teve acesso a um documento do SNI. Constatou que o último registro de suas atividades foi quando esteve em uma manifestação do movimento Diretas Já. Treze anos após sua saída da prisão. Tenho foto desse documento.

Nunca se sabe, pode ser mania de perseguição,

e pode ser perseguição de fato.

CAPÍTULO / DOIS

Recaída

Ana era um casal que transava no sofá. Ela era o prazer tranquilo. Era a mulher e era o homem. O cheiro da pele, a respiração de um no ouvido do outro. Chegou a pensar que o sofá não era dela nem o apartamento. Portanto não poderia ser vista pelo casal. Procurou se retirar do sonho. Quanto mais tentava sair, mais se entranhava: foi para a cozinha, corredor, viu as portas dos quartos. Ela era os tamanhos que aumentam e os líquidos que escorrem. Antes disso, estava numa quitinete, num hotel barato. Um labirinto onde encontrava um afluxo de emoções fluidas que a atravessava de tempos em tempos. Como uma onda que se agigantasse e estourasse dentro dela. Por fim, espiou por uma fechadura e viu o casal em que, em seguida, se tornou.

Fica na cama por um tempo que não saberia precisar.

Do sonho, lembra-se do chão de madeira e de um quê de tranquilidade possível.

Vai em busca do jornal e estranha o fato de não estar na soleira, como de costume. Enquanto prepara o café, alguém bate na porta – ela sempre se assusta com batidas repentinas. Espia pelo olho mágico, é Rafael, o zelador do prédio. Pede para que ele espere um minuto e corre para vestir outra blusa. Abre a porta, e ele lhe diz, com seu sotaque hispânico, que um homem havia procurado por ela no dia anterior.

Ana sente o estômago travar. Não consegue responder. Não pergunta nenhum detalhe, apenas agradece e fecha a porta. Fica parada, pensa em Henrique e logo imagina que não, não poderia ser ele. Confere e-mails e mensagens no celular, nada indica a chegada de uma visita. Abre o jornal, o Brexit na Europa e o porte de armas no Brasil, nenhuma notícia retira o vento gelado de sua barriga. Passa a imaginar: ele no elevador, um abraço, choro, sexo. Não admite supor Henrique dentro de sua casa, muito menos dentro dela.

Vai para a frente do espelho procurar uma resposta. Decide: não estará para ninguém. Não atenderia interfone nem campainha. Poderiam morrer de tanto tocar. Avisaria Rafael para não ser incomodada por alguém de fora do condomínio. Teriam de ir até o inferno para encontrá-la. Olha-se decidida e sente alívio, só que isso dura segundos. Corre até a janela para verificar seus ângulos de visão. Avista a grande avenida quando a entrada do prédio fica na perpendicular. Lembra-se do toldo verde ligando a porta do edifício à rua, dificilmente conseguiria ver alguém. A janela do banheiro dá para um vão interno entre as paredes de edifícios vizinhos, sem qualquer visão para a rua. Pensa em ir para a escada, recorda-se de que há uma abertura ali. Hesita. Resolve tomar banho e fazer tudo o que há para fazer em casa.

Sente vontade de fumar um cigarro, mas coloca café no lugar. Senta-se no balcão e pensa em disfarce, gorro, óculos, balaclava, tudo com a intenção de confundir o intruso e ter tempo para correr até a estação de metrô. Acha melhor enrolar um cachecol no rosto, muito embora não lhe parecesse razoável sair toda coberta. Conjectura que deveria se ocultar apenas até a esquina. Quando voltasse para casa, teria de estar com as chaves na mão e não olhar para os lados. Passa a achar tudo imaginação e que não havia sentido em sair escondida. Estava decidido, não se esconderia de ninguém. Quem sabe?

Toma banho e, como há muito não fazia, pensa na roupa que vai vestir. Ao se trocar, percebe que precisa lavar o sutiã. Fica em dúvida entre a blusa preta e a verde. Opta pela preta. Em seguida, escolhe o suéter. Tinha dois. Fica distraída pensando em comprar mais um. A calça jeans e a bota preta de sempre. Estava pronta para a entrevista marcada para as dez e meia com uma corretora de imóveis – está escrevendo uma matéria sobre mercado imobiliário para brasileiros em Nova Iorque. Olha pela janela e observa as pessoas passarem rotineiramente. De repente, a rua lhe parece segura. Nada poderia perturbar aquele espaço. Volta-se e olha o apartamento como quem olha o sagrado.

Resolve sair um pouco mais cedo, a iminência do toque do interfone retira a possibilidade de qualquer distração caseira. Teria de suportar a descida pelo elevador e a ameaça dos quarteirões mais próximos. Sem pensar muito, enrola o cachecol até a boca, abre a porta, inspira e vai como se estivesse atrasada. Morde o canto inferior do lábio enquanto desce. Abre a porta da rua e coloca os pés no chão: a claridade, o frio, as pessoas, tudo lhe parece ameno. No café combinado, abre o computador e começa a se preparar para a entrevista.

A corretora chega sorridente: parece que te conheço de algum lugar. Curioso, eu também. Ana é levada a sorrir todas as vezes em que Maria franze apenas um dos lados do nariz, no alto, ao dar uma risada. Falam a respeito da questão imobiliária da cidade, sobre as mudanças que acontecem de uma calçada para a outra. Por isso eu digo, não gosto de fazer negócio com a pessoa no Brasil, prefiro que ela esteja aqui, caminhe, sinta o cheiro da rua, o cheiro do prédio. Tem coisa que não se percebe olhando no mapa. Aí me dizem, ah, mas esse apartamento é perto do Central Park. Só que isso significa uma infinidade de coisas. Tem de olhar o subsolo, tem de olhar a lixeira.

É a primeira vez que Ana conversa com alguém desde quando chegou, há três meses. Quase sente os pés no chão e se esforça para estar atenta. As pessoas vêm para cá com um sonho, com uma expectativa muito grande, mas isso aqui é Nova Iorque. Franze o nariz e continua: na parte norte do Central Park, por exemplo, você tem uma prisão ao lado de um prédio novo e caro. Tem problema? Não tem, mas para o brasileiro isso pode ter um peso, entende? Ela fala e ela responde. Ana apoia o queixo nas mãos, busca interesse e quase sai de seu interior durante as duas horas em que passam juntas.

Ainda é cedo para voltar para casa. Atravessa o parque de ônibus e contempla como turista o emaranhado esfumaçado dos galhos. Desce do outro lado e caminha até um museu para ver uma exposição sobre arte e conspiração. Vê exemplos de como o poder legitima abusos, documentos administrativos que justificam a tortura de prisioneiros nas épocas do ataque dos Estados Unidos ao Iraque e ao Afeganistão. Fotografa a frase: você pode matar um revolucionário, mas não uma revolução.

Do alto de uma escadaria em concreto aparente, observa o café abaixo, no canto direito de quem desce. Deslumbra-se com a arquitetura, na sua frente, o vidro, o pé direito mais alto que já viu, as plantas, os móveis, tudo tão harmônico. Enquanto desce, continua pensando sobre manifestações de poder, sobre como aquele monumento estético poderia conter mensagens tão revolucionárias. Considera um bom sinal o poder se questionar dentro de seus próprios templos. Resolve se entregar ao deleite: come um sanduíche e, em seguida, o doce mais doce do cardápio. Observa senhoras distintas, senhores que parecem se vestir sob medida. Estranha e questiona se ela própria pertence àquilo.

Volta a cruzar o parque, agora caminhando sem pressa, como se soubesse que sentiria falta desse respiro. O dia escurece silencioso, a paisagem quedaria estática se não fossem os esportistas. Uma mãe empurra o carrinho com o bebê, um homem tira fotos da mulher. Ana sente certo esmorecimento, a mansidão do lugar a aproxima de

alguma tristeza.

Troca olhares com um moço que passa correndo e é acometida pela vontade de que alguém a abrace e lhe diga o que fazer. E se for mesmo o Henrique? As luzes da cidade estão acesas quando ela chega do outro lado.

Pega o metrô e desce algumas estações antes da sua. Entra numa loja de roupas. Até então havia comprado apenas o suficiente para lidar com o inverno. Seleciona algumas peças, experimenta e não consegue se decidir. Enquanto se olha no espelho do lado de fora do provador, uma moça lhe diz que está bonita. É o suficiente para que compre, mesmo sem ter certeza de que usaria, a blusa de renda preta. Também escolhe um suéter cinza-claro. Coloca tudo dentro da mochila, segue no caminho de casa, agora com o medo amenizado pelo prazer das compras.

Percorre mais duas estações em um vagão lotado, desce, sobe as escadas e, ao chegar na calçada nota o escuro, os casacos e os gorros. Sem os óculos, percebe que vai ser difícil reconhecer alguém antes de ser reconhecida. Resolve caminhar rápido. Seu maior medo é que alguém a esteja esperando na porta de casa. Nesse passo apressado, com o olhar baixo, tromba com alguém, de quem tenta se desvencilhar. Tudo é tão repentino que não reconhece os tênis. Por um segundo, não reconhece o rosto. Ele sorri como quem encontra quem o estivesse esperando. Sem dar tempo ao susto, a acolhe em seu peito. A partir de então,

Ana mergulha numa força centrípeta.

Sente o corpo fraco e a multidão girando até o infinito. Treme como se fosse frio. Todos estão preocupados com você. Não consegue pensar nem dizer nada. Henrique solta o abraço, mas continuam próximos. Ele devolve o ar inspirado para ela, aquecendo-a na pequena atmosfera. Ana não olha para outro lugar a não ser para os carros passando na rua e faz uma pergunta, talvez a mais acertada de todas: quem te falou onde eu estava? Henrique diz que isso não importa. Ana faz um movimento no sentido de continuar seu caminho e ele responde rápido: seu pai.

Grito

Desejou a morte do pai muitas vezes durante a infância. Especialmente quando ele saía dirigindo em alta velocidade depois de brigar em casa, com a mulher. No quarto, sufocando a raiva no travesseiro, Ana chorava de vontade de que ele morresse em um acidente. Ouvia o carro saindo pela noite, mas nunca vinha o som dos estilhaços. Dormia esperando que ele não estivesse no café da manhã. No entanto, no dia seguinte, era como se nada tivesse acontecido: banheiro, uniforme, pão, leite, ônibus, escola. As brigas giravam em torno de bebida, atrasos e terceiros, isso Ana podia perceber. Não entendia por que se bebia tanto e por que a bebida era tão ruim. Não entendia por que gritavam, choravam e ameaçavam um ao outro. Menos ainda entendia por que isso se repetia tanto.

Não ouvia as brigas por inteiro. Algumas vezes falavam baixo, rangendo os dentes ou sussurrando. Outras vezes, falavam alto. Mesmo quando podia ouvir, não alcançava a compreensão do que era dito. Faltava sentido nas frases. Ana soube, muito cedo, que as palavras não davam conta de tudo o que ocorria. O teor da conversa entre duas pessoas expressava uma pequena parte do que circulava em uma situação.

Passou a carregar o peso
do que não era dito.

As camadas pressentidas a apavoravam. Queria entender por que era ruim que a mãe pegasse uma carona, por que o pai chegar em casa àquela hora configurava um problema. Especialmente, gostaria de saber por que era obrigada a ouvir tudo aquilo. Ninguém lhe explicava. Não havia qualquer tipo de previsão: hoje vai ter briga. Elas estouravam. Pegavam de surpresa e, passado o terremoto noturno, vinha uma manhã esfumaçada.

Houve alguns alívios, sendo que um deles aconteceu quando Ana estava na frente da casa de uma amiga e ouviu a mãe dela quebrar copos e pratos enquanto gritava com o marido. Ela e a amiga seguiram brincando e Ana sorriu por saber que não estava tão sozinha. Outra coisa, não exatamente um alívio, mas que ajuda, é o corpo se acostumando com descargas de adrenalina repentinas. Os gritos entravam pelos ouvidos e estremeciam seus nervos. O coração, que já era agitado, batia mais rápido. Sentia uma pressão no nariz e o lábio inferior ficava contraído.

Ana implodia.

Cada minuto valia por três. O quarto não a acolhia, nem a cama ou a coberta. Era como se todas as paredes caíssem e ela ficasse solta. Ao mesmo tempo, sabia que bastava esperar, a casa voltaria a ficar silenciosa e seu corpo voltaria ao normal. Durante anos ficou quieta. Apenas um dia explodiu. Tinha quase dezenove anos. Levantou-se da cama com pernas que não pareciam suas. Saiu pela porta, virou-se e havia um corredor comprido à sua frente. Não conseguia mais andar, apenas gritar. Chega. Não aguento mais. Foi mágico. Seus pés saíram do chão, flutuou, não sentiu mais o corpo, viu o corredor se mexer, gritou tão alto que achou que sua cabeça fosse explodir. Parem de fazer isso comigo! Depois, silêncio. Ninguém veio conversar. Na cama, esperou até que pudesse dormir.

Seus pais se separavam e, depois, voltavam a morar juntos. Numa das separações, seu pai alugou um apartamento grande e antigo, onde havia uma banheira. Finalmente algo que pudesse fazer com que ela quisesse visitá-lo. Logo no primeiro dia, Ana estava enchendo a banheira. Mal podia esperar.

Sentada no chão, o queixo apoiado na borda, a água bonita de tão transparente no revestimento branco. Esperava que ficasse cheia e, quando a água atingiu os orifícios do dreno, cinco ou seis baratas deslizaram para dentro da banheira. Ana levantou inspirando um susto, com o ar logo abaixo da garganta, quis saber se estavam vivas ou mortas, mas, antes de descobrir, saiu pelo apartamento e conseguiu dizer apenas uma vez: barata. Seu pai entrou no banheiro, fechou a porta e a torneira. Não houve palavra alguma. Apenas pedaços de fita crepe nos buracos do dreno.

Eram muitos os tipos de silêncio. Aquele que deixava lacunas, o silêncio daquilo que não lhe diziam e que poderia ter sido dito, o silêncio do que não pode ser explicado facilmente. O mundo, em vez de ir se revelando, foi se tornando imensamente misterioso e ela, ao invés de entrar e brincar,

foi se retirando.

O vento que circulava nas situações jogava ciscos em seus olhos e ela se ressentia por não enxergar direito. Até que ela própria se tornou silenciosa. Não demorou para que passassem a dizer que ela era quietinha, tímida.

O silêncio não tem nada a ver com tranquilidade. Tanto que Ana tinha algumas crises nervosas quando pequena. Gritava sem motivo, o que deixava sua mãe atônita. Certa vez, ao saírem da casa de amigos dos seus pais, Ana segurou no portão e começou a gritar como se algo terrível estivesse acontecendo. Dizia não querer ir embora, no entanto ela mesma sabia que não era isso. Talvez fosse necessidade de colocar silêncios para fora. Devia estar cheia deles e precisando de espaço para mais.

Cada grito era o barulho de um silêncio saindo.

Incerteza

Não consegue abrir caminho em meio aos pensamentos contraditórios. Sente-se traída pelo pai, mas não sabe o que dizer sobre isso para Henrique. Talvez nada. O fato é que ele está na sua frente e ela não consegue falar uma só palavra. Mal nota, ele também nada diz. Sabe que pode abraçá-lo, até beijá-lo. Pode dizer que não o quer ali e ir embora. Sente medo de tentar, tantas vezes foi embora e tantas vezes voltou correndo como se o mundo fosse acabar. Está incomodada: nenhum encadeamento de ideias vem forte o suficiente para provocar uma ação deliberada. Preferia mandá-lo embora, tendo certeza. Preferia beijá-lo, tendo certeza.

Ouvem "com licença" mais de uma vez e saem juntos do meio da calçada para ficarem próximos à parede de um supermercado. Henrique a abraça de novo, colocando seus braços em volta da cabeça dela, que encosta em seu peito. Ela procura um tempo para pensar, mas sente o cheiro dele e sua mente encontra uma frequência. É como se pudesse se lembrar de todas as vezes em que sentiu aquele aroma. Estranha o fato de senti-lo ali, nessa rua, nessa cidade que, nos últimos meses, não lhe trouxe nada de muito familiar. Mais uma vez oscila entre se abrigar naquela brisa e rejeitar completamente a presença dele. Um abraço desse jeito, sem tanta certeza, não pode durar muito e, ao se separarem, ela diz: vamos para algum lugar fechado?

Leva Henrique ao café que costuma frequentar, a uma quadra dali. É um caminhar desconfortável: há momentos em que nada de frívolo pode ser dito. Experimentam uma mudez inquieta. Andam lado a lado, e qualquer toque soaria tão estranho quanto a distância que guardam entre si. Entram no café e a luz do lugar os deixa menos dramáticos. Henrique pergunta o que ela gostaria de beber. Ana pede uma água, embora preferisse vinho. Ele compra duas garrafas, que permanecem fechadas sobre a mesa.

Não era para você ter vindo. Estão se olhando de frente. Precisava te ver. Ana desvia os olhos e passa a olhar a rua. Agora me viu, sabe que estou bem. Henrique se levanta, aproxima seu rosto do dela e coloca as mãos em concha, fazendo como que um túnel entre os dois. Quero sentir que você está bem, ainda não senti. Ou você quer atrapalhar tudo? Voltam a se sentar de frente. Quando você vai embora? Henrique passa as mãos pelos cabelos. Me deixa estar um pouco por perto. Não sei como vai ser, hoje estou feliz por ter te encontrado. Ana olha para baixo. Você está tão bonita.

Ela sente vontade de dizer que ele está bonito. Os cabelos pretos e levemente ondulados estão um pouco mais compridos. Deixou crescer o bigode e o cavanhaque, como costumava fazer em férias e viagens. Vou respeitar todos os seus espaços. Ela sempre o achou mais bonito assim. Ele tenciona as sobrancelhas, como se esperasse um aceite. Os olhos castanhos, pequenos e um pouco arqueados começam a ficar úmidos. Senti sua falta. Ana gosta de rever cada detalhe. O nariz e o rosto compridos. A boca que mexe pouco enquanto fala. Ele aperta os lábios a todo momento entre os dentes. É estranho você estar aqui, Henrique. Ele sorri sem abrir a boca. É estranho sim. Devia ter ligado, seria mais prático. Finalmente sorriem juntos. Nossa, que saudade.

Sorrindo, vai até ela e, num abraço, a levanta. Ana passa os braços em torno do pescoço dele e, por alguns segundos, fecha os olhos. Mal pode ouvir o que ele diz: a não ser que eu tenha alguma coisa para atrapalhar. Ana volta a se sentar no banco. O que você disse? Em pé, ele pega a garrafa de água e gira a tampa. Nada, só perguntei se tem algo que eu possa atrapalhar. Antes que ela pudesse pensar qualquer coisa, ele continua: é que não sei como está a sua vida, há meses não tenho notícias.

Ana volta a ter ideias indo e vindo

e não sabe exatamente o que dizer. Não há nada que você possa atrapalhar. Após dizer isso, sente a boca seca. Talvez estivesse cansada. Talvez fosse bom ficar um pouco sozinha. Abre a garrafa, bebe água e diz que quer ir embora. Ao saírem, ele mostra que está hospedado no hotel que fica exatamente ao lado do café. É apenas uma porta e uma escada comprida que, da rua, mal se pode avistar onde vai dar. Ana fica curiosa para saber há quanto tempo ele está hospedado ali; ela costuma ir quase diariamente àquele café. Não pergunta, não quer demonstrar interesse, mas fantasia ele a observando. Não sabe se isso lhe parece romântico,

obsessivo da parte dele

ou paranoico da parte dela.

Henrique se oferece para levá-la até em casa, ela recusa. Como em um primeiro encontro, param na frente do hotel e Ana sente um frio na barriga. Sabe que deve ir embora, ensaia, porém não sente condições de virar as costas e caminhar. Ele passa um dos braços na cintura dela e lhe dá um beijo na boca, que ela aceita como quem não quer muito. Empurra um pouco o tronco para trás e coloca uma das mãos em volta do pescoço dele. Parece um beijo adolescente, no meio da calçada. Ana sente vontade de sentir com a língua a boca, os dentes e os lábios dele, mas segura o beijo como se estivessem juntos pela primeira vez. Não consigo ir embora. Ana se afasta e começa a caminhar. Tudo bem, quem deve ir sou eu. Caminha com vontade de perguntar quando se encontrarão de novo. Ainda sente o olhar de Henrique, o que a faz apertar o passo e desejar sumir no meio das pessoas. Ao mesmo tempo, quer voltar, dizer que não tem mais o número de telefone dele, mas não pode, já tinha beijado, tinha feito coisas demais.

Embriaguês

Enche a banheira, mergulha o corpo e espera que a água fique parada. Escorrega até que seus olhos quase encostem na água. Prende a respiração para que tudo se mantenha quieto. Dobra os joelhos. Olha para o dreno.

Visualiza cenas de morte.

Pulsos cortados,
sangue escorrendo,
música tocando,
água que pinga até encharcar a casa,
tal como em sua memória de um filme que não sabe qual é. Observa como a água se abre gentil para suas pernas. Nota o modo como a envolve quente, fazendo com que o ar se torne perceptível. Ensaboa os seios e desliza as mãos sobre eles. Mergulha os bicos e levanta, mergulha e levanta. Observa se enrijecerem. Desce uma das mãos da barriga ao púbis e entre as pernas começa a movimentar os dedos, acaricia e sente a abertura da vagina. Nada lhe vem à mente. Procura se imaginar com Henrique. Nada permanece. Ensaboa o rosto fazendo movimentos circulares e lentos. Deixa a espuma e se lembra de que sua avó dizia que isso faz bem para a pele. Sua avó teve a pele linda até a morte. Enxágua para mudar o pensamento. Mais uma vez faz espuma nas mãos e, como quem vai contar um segredo, assopra devagar e faz a maior bolha de sabão da sua vida.

Transmissão

Encontrou a antiga penteadeira com três espelhos, sendo os dois laterais mais estreitos e móveis, todos abaulados nas bordas envoltas em madeira de mogno escuro. Estava em pé, as mãos apoiadas na bancada de mármore branco. Abaixou o tronco para se olhar e se viu menina. Devia ter nove anos. Mulher e criança trocaram um olhar longo, por onde deslizou uma ternura que Ana jamais sentiu. Um afeto escorreu de sua boca: fica tranquila, vai dar tudo certo. Levantou-se e, quando voltou a mirar o espelho, era adulta.

Acorda e se sente mais viva. Não está com medo, não duvida de sua sanidade e não quer pensar em sonhos. Abre as cortinas e volta a se deitar na cama. Sua mente está envolvida no encontro do dia anterior. Talvez quisesse evitá-lo tanto quanto o desejava. Olha o sol batendo no prédio da frente. Não pretende ir muito além de encontros públicos, e logo ele deve ir embora. Levanta-se e, na cozinha, separada da sala por um balcão, coloca água e pó na cafeteira. Abre a porta de entrada, pega o jornal e nota que, junto dele, há um envelope.

Retira do envelope um ingresso para a ópera *Tosca* e um bilhete: nos encontramos na frente do teatro? Uma ponta de felicidade aparece no canto da sua boca. Confere o horário da peça. Sete e meia da noite. Considera tomar banho logo depois do café da manhã, para que dê tempo de o cabelo secar naturalmente. Olha o ingresso de novo e nota a localização do assento, bem próximo ao palco. Ele deve ter pagado caro e comprado com alguma antecedência. Chega a se perguntar como Henrique sabia que a encontraria um dia antes da apresentação. Percebe a cafeteira chiando e, enquanto se serve, imagina que irá vestir a blusa de renda preta.

Passa os olhos pelo jornal, pensando que ele correu o risco de perder as entradas e que costumava ser mais econômico e menos ousado na época do namoro. Talvez ele também tenha mudado. Continua a leitura distraída e, dessa forma, percorre as notícias do jornal novaiorquino. Muda para o celular e passa a rolar, na tela, as manchetes brasileiras. Uma notícia chama sua atenção. Lê e relê: ações do governo contra o pagamento de pensão a anistiados políticos. Segundo a matéria, está tramitando um projeto de lei para fiscalizar as indenizações concedidas a presos políticos da ditadura. Alegam a possibilidade de que, em alguns casos, pode não ter sido comprovada a perseguição política. Ana apoia os cotovelos na mesa e a testa nas mãos, foca a atenção na palavra fiscalizar. Supõe que a única coisa que queiram seja revogar direitos.

Havia ajudado Paulo a redigir seu processo de anistia. Na ocasião, ele pedira ajuda por não se sentir competente no português. Depois, ela percebeu que o problema não era esse, mas, sim, a dificuldade emocional de escrever sozinho sobre a prisão, tortura e perseguições. O intuito era provar que o encarceramento tinha afetado o desenvolvimento profissional dele. A redação levou semanas. A narrativa era interrompida sempre que a gagueira deixava de ser a hesitação balbuciante das palavras para se tornar a ausência completa delas. Com a boca entreaberta parecia um homem entupido. Nem um sopro saía dali. Nessas horas, somente a entrada da fumaça de um cigarro desobstruía a garganta e fazia retomar a fruição das palavras. Ana digitava e mirava a pequena barra piscando toda vez em que nada podia ser dito.

Sofria e sentia-se orgulhosa pelo tio estar compartilhando as maiores dores que tivera na vida. Quando pequena, recebeu o amor que vinha dele como uma criança que não se nega a abrir um presente. Paulo lhe deu amizade quando ela nem sabia o que era isso. Ana se acomodou naquele carinho a ponto de a casa dele lhe ser mais confortável que a sua própria. Foi por causa de Paulo que pôde respirar nos momentos de separação dos pais – devem ter sido cinco ou seis. Numa delas, desceu com ele para a praia. Foram só os dois. Ficaram em uma pousada que mais parecia a casa de uma família tranquila. Ana devia ter uns dezesseis anos e questionava se aquilo era mesmo uma casa, se casal e filhos poderiam gerar um ambiente tão harmônico e ainda oferecê-lo a estranhos. Bebeu algumas cervejas numa barraca à noite enquanto seu tio conversava com uma mulher que ela não conhecia. Olhando para o escuro do mar e para o branco das ondas, sentiu alguma paz.

Redigir o processo a fez imaginar que estava retribuindo uma mínima parte de todo o afeto que Paulo lhe dera – e que compensava a secura do pai. De um pai distante sempre se recebe alguma coisa, mesmo que essa coisa seja

ausência.

Ana foi atingida pela escassez mais corpulenta que se pode imaginar.

Se ela pudesse escolher a imagem mais forte que possui dele, seria o seu caminhar. Sempre caminhou devagar, como quem carrega um peso maior que o do corpo. Qualquer olhar ou toque desferido por ele era quase sempre um susto. Quando Ana não passou em sua primeira prova de vestibular, estava com a mãe na cozinha, falando sobre isso, enquanto ele passava jogando o peso de uma perna à outra. De repente, segurou forte em seu braço: você respira porque não precisa fazer força para isso. E continuou a caminhar, e Ana continuou a conversar com a mãe, agora com o rosto vermelho, e a mãe continuou a lavar a louça.

Se é possível dizer que o tio figurava paternal, isso acontecia não apenas por sua presença mais afetiva, como também porque Ana pegou dele o que quase sempre se herda de um pai: o posicionamento político. Por um triz não foi expulsa de casa quando participou de uma greve. Ouviu do pai que ela devia ser filha de outra pessoa, e ela respondeu: tenho certeza disso. Essa rixa não passou. Não é que não se falavam, apenas conversavam pouco.

Diante daquela notícia, de que poderiam cortar as anistias, Ana leva o jornal para o quarto. Costuma fazer grifos, anotações e perguntas quando quer pensar com mais calma. Pega a caneta e um caderno de capa preta e, sentada na cama, com as costas apoiadas na parede, os joelhos dobrados e os pés no colchão, escreve: perseguição. Grafa em maiúsculas e começa a fazer volume e sombreamento nas letras. Faz tanta sombra e volume que fica ilegível. Mais abaixo, volta a escrever a mesma palavra, com uma letra comprida e fina, de modo que a leitura apenas seja possível com o papel na horizontal e bem diante dos olhos. Fica desenhando as letras e testando a leitura como nos tempos de escola. Durante os rabiscos, lembra-se de que o pai havia dado seu endereço a Henrique. Ela tanto insistira para que não fizesse isso. Pensa em ligar para ele, mas resolve tomar banho antes.

O dia passa, o cabelo seca
e ela não liga.

Ápice

Fazia tempo que não sentia o prazer e a ansiedade de se arrumar para um encontro. Está com a blusa de renda preta, uma calça cinza-escuro, um pouco mais larga no quadril. Testa um salto preto, mas faz muito frio, o que é uma boa desculpa para que ela calce a bota que tem usado todos os dias.

Sempre preferiu sapatos com os quais pudesse correr.

De frente para o espelho, abaixa a calça e observa a calcinha azul. Nos olhos, havia passado um delineador da mesma cor. Gira o quadril para o lado e se olha por cima dos ombros. Sabe que está bonita. Termina de se arrumar e segue para o metrô.

Esse teatro é um dos lugares de que mais gosta. Sente-se bem ali, embora não saiba dizer o motivo, uma vez que a grandiosidade dos prédios lhe pareça quase cafona. Distrai-se pensando que alguém projetou tudo aquilo prevendo o prazer que ela sentiria ao subir as escadas e caminhar até a fonte. O barulho da água, a iluminação amarelada, os três prédios e o lustre que ela avista ali de fora. Antes que termine de suspirar, Henrique diz em seu ouvido: parece um sonho. Ficam abraçados por um tempo e Ana deseja sonhar com aquele lugar um dia desses. Caminham em direção ao teatro.

Ele segura sua mão. Pegam a fila, sobem as escadas enquanto ela observa os delicados arranjos de luz pendurados em diversas alturas. O olhar passa do lustre ao tapete vermelho que cobre a imensa escadaria pela qual sobem, perde-se com os vestidos de gala, com os nem tão sofisticados assim e com as roupas que foram direto de um dia de turismo. Procura observar as obras de arte e os murais escondidos em meio às pessoas. Aperta sua mão à dele e chega a pensar que tudo de que precisava era uma companhia. Sentam-se nos lugares e continuam bastante juntos. É como se não tivessem passado tanto tempo sem se ver, é como se tudo estivesse bem. Em poucos minutos, a multidão está sentada. A orquestra se organiza antes que a luzes se apaguem e a campainha toque.

O espetáculo começa com a entrada ofegante de Angelotti no palco. Preso político e foragido, está em uma catedral e se esconde numa capela privada. Em seguida, entra o pintor Cavaradossi, para trabalhar em seu quadro de Maria Madalena. O fugitivo sai do esconderijo, Cavaradossi o reconhece e promete ajudá-lo. Nesse momento, Tosca, amante do pintor, chama-o do lado de fora. Angelotti volta a se esconder e Tosca entra. Percebe que a pintura é inspirada em outra mulher e acusa Cavaradossi de traição, mas ele assegura seu amor. Tosca sai de cena e Angelotti volta a aparecer. Um tiro de canhão sinaliza que a polícia descobriu a fuga, e os dois, Angelotti e Cavaradossi, vão para a casa do pintor.

Bebem espumante nos dois intervalos. No segundo deles, enquanto Henrique vai ao banheiro, Ana fica na fila. Um moço que está atrás dela puxa conversa. Pergunta se, por acaso, ela é italiana, e justifica dizendo que não via necessidade de haver legenda em italiano, uma vez que a peça acontecia nesse idioma. Ana e o desconhecido riem rapidamente e, nesse momento, Henrique chega. Pergunta o que aconteceu e Ana lhe conta a pequena conversa, ele faz como quem vai dizer algo, mas hesita. Apenas quando estão com as taças, Henrique sugere um brinde: à italiana mais bonita da noite. Ela pressente o ciúme escondido na frase.

São quase três horas de apresentação. Ana termina o espetáculo chorando e Henrique, quase dormindo. Na rua, passam em um mercado e compram cervejas; ainda não decidiram para onde ir. Enquanto caminham em direção ao metrô, Ana começa a falar: toda a fraqueza humana estava em Tosca, única mulher da peça. Primeiro, ela sente ciúmes de uma amante que não existe, depois, acredita no chefe da polícia, que estimula ainda mais suas desconfianças. É ela quem denuncia Angelotti – isso ao ouvir seu amante sendo torturado. Cavaradossi, nem sob tortura, entregou o amigo. Henrique sorri: mas essa peça foi escrita em 1900, não vamos exigir tanto. Sabe que me lembrei do meu tio Paulo? Hoje pela manhã, por causa de uma notícia, e agora com a peça.

Continuam caminhando sem muita pressa, apesar da sensação térmica de menos cinco graus. Henrique pergunta do tio. Como ele está? Faz tempo que não falo com ele. As coisas podem piorar, há o risco de o governo cortar a indenização que ele recebe como anistiado político. Deve estar esperando por isso. Ana continua a análise: o tempo passa e, de um jeito ou de outro, a perseguição continua. Se fossem escrever esse drama hoje, daria em algo semelhante. O drama do seu tio ou da Tosca? Ambos. Ela transa com o delegado, o tal Barão de Scarpia, acreditando que ele faria uma execução forjada de seu namorado e que ambos seriam felizes para sempre. Como se não bastasse, ela mata o Barão de Scarpia, porque, além de ser fraca, ela teria de ser criminosa. Tosca chegou a dizer a Cavaradossi que ele não iria morrer, que tudo seria de mentira, quem sabe ele tenha morrido com esperança. Mas ela não, morreu se sentindo a pior do mundo. Tosca teve tempo de perceber o que fez. Pronto, ela se mata, o maior de todos os pecados. Esse é o maior de todos os pecados?

Descem a escada do metrô. Não sei se esse é o pior de todos os pecados, mas certamente é imperdoável. Ana passa pela catraca. Nem salvação a coitada teve, deve estar no inferno neste momento. O metrô chega quase vazio. Ao se sentarem, pensam em qual lugar eles devem ir. Mas nenhum dos dois diz algo sobre isso. De todo modo, estão na mesma estação, o que facilita as coisas. Tosca, olha o nome que Puccini deu à personagem, ele devia não gostar das mulheres. Dão risada descendo do metrô. Os homens também não se deram muito bem, talvez o recorte não seja esse, homens e mulheres, talvez você esteja vendo coisa onde não tem.

Tentam alguns bares na rua do hotel, passam por dois fechados, um que estáaberto, mas com a música tocando alto e o ambiente vazio. Não sentem vontade de entrar. Quer ir em casa? Há menos de um dia, dizer essa frase era impensável para Ana. Nem ela mesma, nesse momento, pode entender como disse isso com tanta naturalidade. É como se a presença dele colocasse em suspenso tudo o que vinha pensando. Quer que ele suba. A única coisa que pondera, para si mesma, é que está menstruada e que isso fará com que apenas conversem. Embora ela mesma não queira ficar apenas conversando.

Começam a se beijar no elevador e o beijo parece cerveja gelada descendo pela garganta em dia quente. O dia não está quente, a cerveja havia acabado, e eles abrem uma garrafa de vinho. Dão um gole ou outro de vez em quando, o que faz o beijo descer ainda melhor. E, rapidamente, ela está só de calcinha azul sobre o balcão. Ele diz e repete que estava com saudades e que havia pensado nela nos últimos meses. Ana não diz nada. Apenas avisa que está menstruada, não é melhor a gente parar? Mas continuam, e ele a leva para a cama. Diz que ela pode continuar com o absorvente interno, que fará tudo bem devagar. Vai marcar nossa reaproximação, nossa confiança um no outro. Ana vai deixando que ele faça o que quer.

Ele a coloca de barriga para baixo, tira sua calcinha, lambe e cospe em seu corpo. Pede para que ela se estimule. Ana sente dor, pede para ele parar, ele para, mas depois continua, a dor vai e vem, ele para e continua, enquanto ela apenas continua a se estimular. Até que ele sussurra em seu ouvido: encontra prazer nessa dor. Ela geme e sua de prazer e dor, goza jogando o quadril para trás e então é a vez dele. Deitam-se de frente, ele enxuga seu rosto. Eu te amo. Ana responde: te amo. Adormece sem pensar nada, sem vestir a roupa e sem perceber que ele toma banho, usa sua toalha e se deita ao seu lado.

Sonha que era de manhã. Estava em casa, arrumando-se para trabalhar. Alguém tocou a campainha e era seu pai, junto com várias mulheres. Tinham vindo para o enterro de alguém. Seu pai lhe pediu para que ela o buscasse no hotel na terça-feira, dizendo que provavelmente iria embora nesse dia. Disse e saiu, nem chegou a entrar. Após isso, a casa se transformou em um espaço confuso. Ana foi até sua cama, mas havia outras camas e pessoas dormindo. Não encontrava mais suas roupas. Uma das mulheres lhe ofereceu uma blusa de criança, dizendo que iria servir. Ana procurava um lugar para tomar banho. Tirou a roupa e entrou numa bacia. Começou a se lavar diante dos observadores. Havia a cabeça de um homem num pedestal. Ele perguntou algo que ela não soube responder. Em seguida, começou a descer em sua direção.

Ana acorda e percebe o lençol sujo de sangue. Sente-se mal por estar sem roupa. Toma um banho rápido, percebe a toalha molhada e veste um pijama. Avisa a Henrique que quer trocar a roupa de cama. São três e meia da manhã. Ele diz que prefere ir para o hotel e que mais tarde irá procurar por ela.

Ana não consegue mais dormir, pergunta-se se havia feito a coisa certa. E se o sonho for um mau presságio? Faz um pedido para si mesma: sonhar com algo que lhe indique o que fazer. Pensa que a resposta deve estar dentro dela. Não pode acreditar que seu desejo mais profundo possa lhe fazer mal. Se assim for, não haverá saída. Quando o sol aparece, pega no sono e dorme até a claridade estar mais forte.

Não sonha. Talvez seja melhor assim.

Mancha

Acorda, leva o lençol para dentro da banheira e a enche com água fria – dizem que o gelado facilita a retirada da menstruação do tecido. Sempre que bebe um pouco mais no dia anterior, não sente vontade de comer fruta assim que acorda. Faz um ovo mexido, pega o pão e a margarina. Senta-se com a caneca verde no balcão. Precisa terminar de escrever, mas resolve fazer uma faxina antes – limpar e organizar possíveis bagunças.

Ana mantém os armários arrumados. Não acumula objetos e, a cada limpeza, doa ou joga mais alguns no lixo. Não vê motivo para possuir enfeites e almofadas, ela os considera acumuladores de poeira e desencadeadores de alergia. Passa boa parte do dia varrendo, desempoeirando os cantos e organizando objetos. Enquanto faz faxina, sua mente permanece quieta. Vai se sentindo melhor à medida que o ar fica mais úmido. Ao terminar, senta-se no sofá e se sente mais leve, contempla a casa como se estivesse, ela mesma, limpa.

Decide tomar banho antes de começar a trabalhar, mas se depara com o lençol dentro da banheira. Tira o pijama e veste uma roupa para ir até a lavanderia. Encontra no bolso do casaco o ingresso da ópera.

Pobre de nós, Tosca.

Pega o jornal. Pretende ler mais um pouco enquanto espera a roupa lavar e secar. Caminha por uma quadra e meia. A lavanderia é pequena e comprida, as máquinas ficam no fundo. Por ser dia de semana, está relativamente vazia e Ana acha bom não ter que disputar espaço com outras pessoas. Coloca o lençol, as moedas e o sabão na máquina e se senta na cadeira de plástico azul. Começa a ler pelo fim dos cadernos. As propagandas, o rosto de cada modelo, o modo como as palavras são colocadas. Dá uma passada pela seção de moda, vê algo sobre estilo de roupa para homens. Na parte de viagens, fica sabendo da ampliação do espaço no parque da Disney. Chega na seção de obituário. Quer passar rápido por ali para que nenhuma questão existencial entre em sua cabeça. Ao mesmo tempo, não resiste a dar uma olhada na idade e profissão dos falecidos. Um ex-senador, um cantor, um homem que havia sido julgado e condenado por tentar matar a esposa e que depois fora absolvido. Já ia virar a página quando bate os olhos na foto de um dos finados.

Um frio fino sobe da barriga ao peito.

Pensa ter visto o homem que fora chefe de seu pai na empresa, uma das maiores do ramo automobilístico. Ajeita-se na cadeira, estica melhor o jornal e observa a pequena figura pontilhada em preto e branco. Busca pelo nome. Não é. Como se parecem. Vem nítida a imagem do sujeito forte, careca, com os olhos claros e os dentes compridos e um pouco tortos para o mesmo lado.

Supõe que tenha feito confusão por estar nos Estados Unidos e por ele ser norte-americano. Inclusive, em 1980, seu pai e o chefe saíram da filial brasileira para trabalhar na sede, em Detroit. Sua família morou nos Estados Unidos por quatro anos e, nesse período, Ana nasceu. Depois voltaram para o Brasil e ela se lembra de tê-lo encontrado em algumas ocasiões. Recorda-se do aperto de mão forte que tentava evitar. Seu nome era mencionado com frequência em casa. O pai falava dele de um modo que não falava de mais ninguém: com admiração e respeito. Ana sempre estranhou tal demonstração, não sabia se era deferência, submissão ou medo.

A máquina acaba de lavar os lençóis, e Ana os coloca na máquina de secar. Volta a se sentar e começa a pesquisar notícias no celular. Estaria vivo? Pelo visto sim, noventa e quatro anos. Passa a ler a manchete de algumas matérias sobre a empresa. Previsão de cortes entre cinco e sete mil empregos nos próximos anos; propaganda enganosa sobre emissão de gases poluentes em carros a diesel; uso de cobaias humanas em teste com gás; homem algemado e torturado dentro do departamento pessoal da empresa durante o regime militar. Ana abre o link da matéria.

Um homem havia sido espancado no chão da fábrica, sob os olhares do chefe da segurança da própria empresa, para que delatasse colegas envolvidos em atividades sindicais ou políticas. Não era exatamente uma novidade que fábricas de automóveis tinham colaborado com os órgãos de repressão durante a ditadura no Brasil. A secadora apita e Ana vai tirar o lençol, ainda pensando em tudo aquilo e sentindo ideias se movimentando. Ao tocar no lençol,

quase queima a mão.

Volta a se sentar. Seu tio Paulo trabalhava na mesma empresa do pai na ocasião da prisão. Ela conhecia não apenas o chefe, mas alguns colegas de trabalho. Costumavam ir a festas de aniversários, brincava com os filhos deles. Fica com o olhar vago e a cabeça cheia de lembranças, até que uma mulher lhe pergunta em espanhol: sua roupa acabou de secar? Ana pede desculpas e coloca o lençol dentro da sacola, sem dobrar. Quer sair logo dali.

Não sabe se é mal-estar ou mau pressentimento.

Volta para casa incomodada por sentir cada batida do seu coração.

CAPÍTULO / TRÊS

Fogaréu

Ana telefona, e a voz de Paulo está mais fraca que o normal. Pode imaginá-lo passando os dias lendo livros enormes na cadeira de plástico da cozinha. Gosta de Dostoiévski e Tolstói. Também de livros que contam partes da história mundial e brasileira. Ana ouve a voz de quem tem falado pouco e lido muito. Uma tosse profunda e barulhenta a cada tanto de tempo. Calcula que seu tio esteja fumando dezesseis ou mais cigarros por dia, ou seja, ao menos um para cada hora que passa acordado. Sabe que ele sempre tenta aumentar o intervalo entre as fumadas: hora e meia, não mais que duas horas. Deve estar no pior desempenho.

Paulo mora sozinho e a casa tem o essencial. Na sala, um sofá de couro sintético preto, uma poltrona, um rack escuro com televisão e telefone na parte de cima e um aparelho de DVD logo abaixo. Numa porta de vidro, no canto esquerdo, ficam alguns CDs de jazz, samba e música popular brasileira. No mais, nenhum objeto de decoração, vaso ou quadro. Ana chegou a lhe dar plantas, mas elas sempre acabavam mortas, e os vasos, encostados na varanda. Há uma estante de livros no corredor que vai para os quartos – ali ela costumava se demorar e pegar alguns emprestados. O apartamento tem boa claridade, mas ele deixa tudo fechado, inclusive a cortina escura da sala. Ana costumava abri-la ao chegar, para que o apartamento parecesse mais vivo. A verdade é que ela gostava daquele clima,

é como se os demônios diminuíssem abafados pela penumbra.

Um dia, antes de abrir as cortinas, deitou-se no sofá e

dormiu. Nunca teve facilidade para pegar no sono durante o dia. Não sonhou e acordou imaginando estar em um esconderijo, dentro de uma gruta cravada no meio da terra.

Ele fica feliz com a ligação, diz minha querida algumas vezes. Ela pergunta como vai a saúde e ele faz um relato da agenda de médicos e exames. Rotineiramente, vai ao cardiologista, pneumologista e psiquiatra. Desta vez, tinha acabado de fazer uma cirurgia de catarata e diz estar feliz com o resultado. Não fala muito, costuma responder de maneira breve, e Ana precisa reforçar perguntas para que não fiquem sem assunto. Como estão as coisas? Está indo tudo bem? Aí então ele se lembra de um ou outro fato corriqueiro. Conta que a administração do condomínio foi acionada devido aos cigarros que fuma na janela da área de serviço. As cinzas estavam sujando a garagem de uma vizinha, que chegou a filmar suas tragadas. Nem sabia que dava para me ver daqui. O síndico me deu uma advertência, disse que ficou até meio chateado pela insistência da moça em me multar. Estão querendo taxar as fumadas.

Embora já falassem sem cerimônia sobre a experiência de prisão e tortura, Ana sente alguma dificuldade para entrar no assunto desta vez. Se o tio soubesse de suas desconfianças, tentaria dissuadi-la. Não havia raiva dentro dele. Paulo teria motivos para esbravejar, xingar e apontar apoiadores da ditadura, no entanto não culpava ninguém, não havia desejo de vingança.Ao contrário, sua fala era sempre a do perdão, como se a maldade somente pudesse fazer mal aos que a praticam. Tinha amigos que outros companheiros repudiavam por terem aberto a boca sob tortura. Não entraria na agenda dos seus dias a busca por possíveis delatores.

Você ainda tem contato com seus amigos da empresa? Muito pouco. Lembro que você mencionou alguns que estavam na ALN. Sim, tinha alguns da empresa. Quem mesmo? Começa a tropeçar e a se demorar no início das frases. O Irineu, que faleceu, o Manoel, que faleceu, tem vários falecidos e alguns que ainda estão por aí. Gagueja: veja bem, não gosto de citar nomes. Não gosto de citar. Poderia dizer outra hora, mais para frente. Tem o Marieto, falecido. Ana não tem o intuito de fazê-lo falar o que não deseja. Entendi, tudo bem. Não sabe se isso é respeito ao movimento ou se ele acredita que a identificação dos amigos possa lhes trazer algum prejuízo.

Ele pede para que ela espere um pouco e acende um cigarro. Ana sabe que isso indica alguma disposição para que a conversa continue. Já havia percebido que ele gosta de ser ouvido – descobre agora que sem citar o nome dos companheiros. No caso de Paulo, se o assunto não vem à tona, não é porque ele o evita, mas porque as pessoas, por algum motivo, não perguntam. Porém, está tudo ali,

entre o peito e garganta.

Tio, você sabia que seria preso? Estava pressentindo, dada a repressão que vinha acontecendo. Muita gente sendo presa. Alguns já tinham ido para a prisão, saído e voltado. Na ALN a base era formada por três pessoas. Era uma estratégia de segurança, caso você fosse preso, poderia denunciar até dois companheiros, no máximo. Mas isso tudo era muito teórico, e na verdade a gente conhecia mais gente. Traga. Havia um grupo que eu conhecia e que estava preso. Solta a fumaça. Sabia quem era. No dia, estava trabalhando na empresa, chegaram dois investigadores e deram voz de prisão.

E essa coisa da delação? Uma pessoa entregar a outra. Veja bem, isso é polêmico. Uma ala acha que o torturado deve ir até a morte e não falar nada, e temos vários exemplos disso.

Outra pensa que a tortura tem um limite, o cara não aguenta até o fim e acaba abrindo. Mas você está falando do torturado? Sim, entrega quem foi torturado. A pessoa se desequilibra e acaba entregando os companheiros e algumas ações. Solta a fumaça. Não suporta a tortura e o clima criado. E tem os que passam para o outro lado. Porque é o seguinte, o pessoal do Doi-Codi falava mais ou menos isto: ou você vai trabalhar com a gente com contrato assinado, recebendo um dinheiro, ou então você morre. Sei de um companheiro que foi preso duas vezes e que passou a trabalhar para a repressão. Tornava-se um infiltrado. Alguns foram até se retratar na televisão, falavam que o movimento estava equivocado, que estava arrependido de ter entrado na luta.

Eu me lembro de um tal de Olavo, ele entregou tudo e trabalhava com a polícia. Dividíamos cela com ele no Presídio Tiradentes, e um dia ele foi direto para a televisão se retratar. Quando ele saiu, quebramos todo o beliche dele, que era para não voltar mais. E não voltou. Então era assim, policiais infiltravam dedo-duro na cela para saber o que a gente estava conversando. Tínhamos de conviver com isso. A gente sabia que ele era um infiltrado, mas ia fazer o quê? Tomar cuidado com o que fala. Uma tosse produtiva e longa. Desculpa, quando eu falo muito me dá esta tosse.

Paulo aprendeu a tomar cuidado quando precisou falar segurando a vida

na boca carregada de choque.

Mas não tinha a pessoa que não estava presa e que entregava? Você está dizendo a pessoa que não foi torturada, entregar de graça? Faz uma pausa e gagueja: fazer isso gratuitamente é completamente diferente. Não me lembro de nenhum caso. Outra pausa. Fuma. Tinha os cartazes na rua, com foto e escrito: procura-se. Havia gente que identificava a pessoa e achava por bem entregar. E o pessoal de direita, que apoiava a repressão? Não denunciava? Tinha o CCC, Comando de Caça aos Comunistas, uma organização paramilitar. Vocês nunca se preocuparam em saber de onde veio a delação? É que as coisas vão rolando. Tem coisa que é melhor não saber. Tragada. Nunca houve uma situação de alguém ir atrás disso, querer se vingar? Vingança pessoal? Não. O movimento político tentava identificar esses que passavam para o outro lado. E se alguém de perto de você o delatou? De graça? Sim. Se alguém fez isso, foi um infeliz.

O cigarro acaba. Ana diz algumas frases que lhe soam não estar à altura do que acaba de ouvir. Se não consegue insistir no assunto é porque ela própria não quer acreditar na conivência e, quem sabe, no envolvimento de conhecidos na prisão do tio. Não é possível, só posso estar exagerando. Esquece isso, Ana.

Incerteza

O interfone toca. Já almoçou? Ela se dá conta de que está com fome. Pega o casaco e vai vesti-lo na frente do espelho. Sempre teve vontade de ir àquele restaurante, mas o ambiente lhe parecia amplo demais para estar sozinha em uma mesa. Pede uma taça de vinho. Conversam sobre a noite anterior, sem mencionar o sexo, a madrugada ou o lençol sujo. Ana conta sobre outros espetáculos aos quais assistiu em Nova Iorque e ele pergunta se havia ido acompanhada. Aprendi a sair sozinha. Não vai mais precisar. Contar com a companhia dele lhe parece agradável. Sorri.

Ainda está no jornal? Estou, mas vou sair. Tem algo em vista? Henrique olha para baixo e dá uma risada que ela não entende. Vou ser assessor de imprensa em uma empresa. Qual? Aquela em que seu pai trabalhou. Como assim? Embora tivessem namorado por quatro anos, pai e namorado nunca tiveram muito contato. Quando procurei seu pai para perguntar por você, começamos a conversar e ele me indicou ao cargo. Qual foi o acordo? Ele fala um pouco mais alto: você está me ofendendo. Ela dá alguns goles no vinho sem conseguir olhar para Henrique. Não queria lhe contar agora, sei dos problemas que vocês têm, mas ele está preocupado com você. Não posso ser escolhido?

Ana sabe que o pai não é de dar atenção às pessoas, mas que quando decide olhar no olho e abrir um sorriso, faz com que o outro se sinta poderoso, quase como ele se sente. Com pouca coisa, leva a pessoa para junto de si. E, nesse caso, pode não ter sido tão pouca coisa assim. Ele está preocupado com você. E o que você tem a ver com isso? Não quer enxergar o pai do outro lado da mesa. Uma coceira insistente aparece em seu olho direito. Volta a experimentar o peso da presença que não se apresenta. O que foi? Nada, está coçando. Você devia aceitar o jeito que ele encontrou para cuidar de você. Cuidar de mim? Tenho trinta e seis e pago as minhas contas. O olho embaçado lacrimeja. Ele é seu pai.

Tem um cigarro? Não tinha parado? Tinha. Acendem apenas um enquanto caminham de volta para casa. Quer subir? Começam a se beijar no elevador e Henrique coloca a mão dentro da blusa dela. Parou de usar sutiã? Com esse monte de casaco não precisa. Entram no apartamento, Henrique tira as blusas dela e beija seus seios devagar. Ana abre a jaqueta e a camisa dele e as deixa caídas no chão. Beija os mamilos, desce pelo caminho dos pelos, abre o zíper da calça e puxa o pênis para fora da cueca de algodão. Faz sexo oral e, em menos de dois minutos, ele goza nos seios dela. Na próxima você engole? Ana não é de negar seus pedidos. Gostaria que Henrique a fizesse gozar. Melhor outro dia, ele sempre diz que demoro. Melhor outro dia, ainda estou menstruada.

Ficam abraçados no sofá. Te amo. Somente Henrique havia dito esta frase para ela. Nem mãe, nem pai, homem algum, amiga ou parente. Na primeira vez, estavam em uma festa, ela sentada em um muro mais alto, ele entre as suas pernas, abraçando seu quadril. Ela se abaixou, beijaram-se e ele disse baixo em seu ouvido: eu te amo. Foi como se tivesse se deparado com o amor, ele mesmo, o verdadeiro, bem na sua frente. Não conseguiu corresponder, mas passou a amá-lo naquele instante. Jurou amor sem dizer uma só palavra. O problema era que não sabia muito sobre isso. Não sabia que uma frase pode mais confundir do que esclarecer sentimentos. De todo modo, até hoje, sentada no sofá, gosta de ouvir eu te amo.

Sente-se quase amada.

A sensação que uma frase provoca pode acabar tão logo ela termine de ser dita. Após o eu te amo, Henrique diz que precisa ir para o hotel, trabalhar. Sempre, todos os dias nos quais ele disse que precisava partir, ela sentiu um aperto no peito. Em alguns momentos esse aperto foi tão insuportável que ela não queria que ele fosse. Pedia para que ficasse e, como ele não cedia, começava a sentir todo o desamparo de uma vida. Ana conseguia condensar toda a solidão que alguém pode sentir. Esse era seu avesso. Agora, ela luta contra esse sentimento que conhece tão bem. Fazem um café e conversam um pouco mais, enquanto ela se prepara para ficar bem. Abre a porta e, antes que ele saia, abraça-o forte e demoradamente, enlaçando os braços em volta do pescoço dele. Ele a abraça na cintura e ficam quietos por um momento.

Posso te fazer uma pergunta? Pode. Como você sabia que iria me encontrar antes da ópera? Como? Nos encontramos em um fim de tarde, e no dia seguinte recebi o bilhete para assistir à Tosca. Sabia que ia te encontrar, tinha seu endereço. E se eu não estivesse em casa? E se não quisesse falar com você? Teria um prejuízo. Meio prejuízo, porque iria sozinho. Desde quando você está em Nova Iorque? Ele ri. Isso é um interrogatório? Dá um beijo na ponta do nariz dela. Tenho que ir. Me diz. Já nem me lembro. Faz tempo? Muito curiosa, depois te falo. Ela fecha a porta com um nó na garganta, desses que sempre sentiu quando ele vai embora, e um com um vento que passeia da barriga ao peito.

Reunião

Uma moça matou diversas pessoas numa casa. Ana estava junto, assistindo a tudo como cúmplice. Percebeu que a moça era ela. Restava uma dúvida: ela a mataria também? Não matou. Beijou-a com um carinho desconhecido por Ana. Fazia isso por ela. Juntas, cobriram os corpos. Preocupou-se com os vizinhos e perguntou se eles veriam os mortos. A moça respondeu que cuidaria de tudo. Pensou se conseguiria viver normalmente, sem pagar pelos crimes.

No dia seguinte, observa a luz amarelando o prédio do outro lado da rua: uma fachada com ornamentos em volta das janelas, tijolos à mostra e um adorno em forma de coluna junto ao canto. Vê um pedaço de céu azul e outras construções beirando a avenida West End. Lembra-se do sonho: ela e a assassina eram a mesma pessoa. O coração dispara. Tenho medo de mim ou dos outros? Ficaria mais fácil se estivessem todos mortos? Coloca as mãos no rosto e olha para o escuro até enxergar uma espiral. Procura no rosto algo do beijo, mas está tudo opaco.

Volta a ideia de que algum conhecido tenha delatado o tio. Não se lembra muito bem dos amigos do pai. Talvez o mais marcante tenha sido Ximenes. Não gostava de quando ele lhe encostava a mão pesada. Era um homem alto. Usava óculos de lentes grossas e armação preta, que destoavam de sua pele clara. Os cabelos brancos circundavam a cabeça. Um dos encontros aconteceu na casa dele. Já devia ser tarde, e as crianças sentiam sono quando ele impeliu as filhas, Cristina e

Helena, a tocarem piano. Andava rápido pela casa, gritando o nome das meninas, enquanto elas se escondiam atrás das cortinas, do sofá, rindo e passando por entre as pessoas. Até o pai começar a chamar mais alto, e as risadas passaram a se misturar com choro e susto. Entraram correndo para a área íntima da casa e o pai foi atrás. Voltaram todos quietos e as meninas se colocaram frente ao piano. Cristina, a mais velha, tinha a mesma idade de Ana. Magra, seus cabelos lisos faziam uma moldura fina no rosto comprido. Os olhos verdes se destacavam pelas olheiras pouco comuns para a idade. Ana se lembra dela como se a tivesse encontrado ontem. Nunca se esqueceu de como foi bonito ouvi-las tocar. Chorou quando escorreu uma lágrima pelo rosto de Cristina. Depois, ficou com ela no quarto, ouvindo seus soluços de raiva.

Levanta-se e lê as notícias: o shutdown mais longo da história dos Estados Unidos e o discurso de Trump sobre a construção do muro na fronteira com o México. No Brasil, as indicações para cargos políticos do novo mandato e a reforma da previdência. Imagina a felicidade do pai com o rumo dos acontecimentos. Pega um cigarro deixado por Henrique, serve-se de uma xícara de café e os coloca no parapeito da janela do quarto. Sempre quando está diante dela, sente-se de fato em Nova Iorque. Além de ser daquelas janelas verticais, típicas da cidade, há ali a escada de incêndio, exatamente como nos filmes. Sobe o vidro pesado, até alcançar a metade dos seus olhos. Senta-se na cadeira verde, acende o cigarro com um isqueiro roxo e pequeno que a acompanha faz um tempo.

Lembra-se de quando, menina, estava com cinco ou seis crianças no gramado da casa, ao lado da piscina. O aniversariante contou entusiasmado que o pai o havia levado para atirar. Todos sabiam do gosto desse homem por armas, a novidade era ele levar o filho. Ana, até então, jamais havia visto um revólver e passou a evitar o garoto com medo de que ele fizesse uma demonstração furtiva a qualquer momento. Nesse dia, ele levou alguns amigos para dentro de casa. Correu o boato de que estava indo exibir seu poder bélico. Ana ficou ainda mais apreensiva, porque Fernando, o garoto pelo qual ela era secretamente apaixonada, havia ido junto.

Pega o caderno preto onde costuma rabiscar palavras. Escreve os nomes Ximenes e Aderbal, o que gostava de armas. Despois escreve CCC e logo abaixo fica rabiscando Comando de Caça aos Comunistas. No dia daquela festa, ficara distraindo seu medo sozinha, em uma mesa, com um copo de guaraná. Andreia, que também costumava ficar sozinha durante os eventos, se aproximou. Era namorada de um dos amigos do pai, Márcio, que não tinha filhos. Ana escreve esse nome também. Havia comentários de que Andreia era prostituta. Ana não entendia muito bem o que essa palavra queria dizer, mas presumia o significado relacionado a uma mulher muito bonita de quem os homens gostavam de estar perto. Devia ser também uma mulher de que outras mulheres não gostam, uma vez que sua mãe demonstrava incômodo com a presença dela, o que chegava a causar brigas em casa.

Ana, por outro lado, ficava encantada: Andreia usava saltos que deixavam harmônico o desenho dos pés e das pernas, o corpo quase sempre com um vestido colado e a boca enfeitada por um batom colorido. Nesse dia, ela se aproximou com os lábios vermelhos e sorridentes. Havia algum encanto, uma mágica que fazia com que Ana se sentisse à vontade. Estou preocupada com o Fernando. Confessou gostar dele. Vocês já se beijaram? Não sei beijar. Nunca beijei. Andreia riu alto e contou, em segredo, que ele também não devia saber, mas que poderiam aprender juntos. Ana gostou da conversa e talvez Andreia tenha gostado também, passou a querer saber do pequeno caso amoroso nos encontros seguintes.

As gargalhadas aliviavam os pensamentos de Ana.

O único amigo do pai de que Ana gostava era Davi. O mais jovem de todos, com cabelos lisos e escuros, pele clara, barba cheia e bem aparada. Vinha do Rio Grande do Sul, e ela gostava de ouvir seu sotaque. Não era casado e nunca estava acompanhado. Depois que os encontros cessaram, ouviu o pai comentar que ele devia ser homossexual porque não era normal um homem andar sem mulher por tanto tempo. Ana se lembra de que ele era um excelente analista do mercado de ações e que trabalhava no mesmo departamento que o tio, o financeiro. Seria coisa de filme o amigo mais legal ser o culpado da delação.

Termina a manhã com gosto de cigarro e com uma página de caderno toda rabiscada: CCC, Comando de Caça aos Comunistas e quatro nomes, Ximenes, Aderbal, Márcio e Davi. Olha para suas anotações e as rabisca ainda mais, fazendo uma espécie de caracol em cima de tudo. Sobreposto aos riscos, escreve: loucura.

Pólvora

Espirra quatro vezes e o nariz começa a escorrer. Pensa que não pode voltar a fumar. Busca um antialérgico e descobre que acabou. Pega um rolo de papel higiênico e já sabe: sequência de espirros, coriza e nariz entupido. Ana tem alergia – uma reação exagerada a algum componente mundano. No seu caso, ácaros. Seres que se reúnem em centenas de milhares. Que se alimentam de células da pele humana mortas na poeira de casa. Ou seja, onde há resto de gente, há ácaros. Por onde as pessoas passam, eles se proliferam.

Não há almofadas nem tapetes em seu apartamento. O sofá não é muito acolchoado. Ana sempre dispensou objetos de decoração. Apenas veste roupas que foram lavadas no último mês, por isso possui poucas peças e, a cada mudança de estação, lava as que não vinham sendo usadas. Por volta dos catorze anos, passou a se recusar a dormir na casa de outras pessoas. O colchão ao lado da cama de alguma amiga continha, invariavelmente, uma superpopulação de ácaros. O travesseiro quase sempre havia passado meses guardado. A noite era um terror. Ana, não estou conseguindo dormir com este barulho. Fungava a cada segundo, virava de um lado para o outro, procurando desentupir as narinas.

Depois, presenciava o dia como quem chora.

Está chorando? Alergia.

Sobe na cadeira verde para pegar o nebulizador no alto do armário. Embora se sinta meio doente toda vez que o utiliza, gosta de respirar aquele ar enfumaçado. Enche o compartimento com soro fisiológico, senta-se na cama até que a fumaça e o barulho comecema sair do aparelho.

Ouve sua própria respiração e se sente mais sozinha.

Não busca nada para ler ou se distrair. Olha e toca na pulseira em seu pulso, um fio dourado com algumas bolinhas. Ganhou de seus pais quando terminou o colégio e a manteve guardada durante anos, até colocá-la antes de ir para Nova Iorque. Inspira: como é que se faz para nascer de novo?

Era menina quando um médico lhe disse que deveria viver em uma redoma de vidro. Estava falando que o mundo não era para ela, que precisaria viver à base de antialérgicos e cortisona local e, às vezes, na veia. O problema da alergia é que há dias em que o antialérgico acaba,

mas o mundo não.

O nebulizador a lembra a redoma de vidro onde gostaria de estar. Isola seu ar. Ana vira para dentro. Sente uma esperança bastante branda de que possa voltar a respirar melhor. Médicos nunca deveriam dizer a uma criança que ela precisa viver em uma bolha. Ela pode acreditar.

Henrique chega no meio da tarde. Está com alergia? Muito. Vem cá. Começa beijando seu rosto devagar. Depois, na boca, mas ela não consegue por muito tempo, com o nariz entupido. Ele começa a beijar seu pescoço com mais intensidade, agarra seu cabelo com força. Ana estranha e ao mesmo tempo gosta de vê-lo assim. Henrique a levanta no colo e a leva até o sofá. Abre a calça e está muito excitado. Não espera. Tira o short que ela veste, a calcinha. Começa a penetrar com força, enquanto Ana sente dor e incômodo. Ela se mantém ali, mas não entende. No que ele está pensando? Deve ser em outra pessoa. Essa suposição a sufoca mais que a secreção em sua face. Ele está em cima, movimentando o corpo, não nota sua angústia. O que você está imaginando? O quê? Enquanto transa comigo, no que você está pensando? Em você de pernas abertas. Ela não acredita. Não passa por sua cabeça que ele gosta de vê-la assim,

como quem chora.

Ana, com um pedaço de papel na mão, limpa o nariz tentando adivinhar o quanto ele a deseja. Suas pernas estão sobre o colo de Henrique, que as acaricia enquanto rola a tela do celular. Dorme aqui hoje? Tenho coisas para fazer. Você vem de longe para me ver e não dorme comigo? Não estou de férias. Tem que fazer relatório para o meu pai? Ana, vou dormir com você porque quero bastante, mas para de insinuar essas coisas. Dá um beijo no joelho dela, como quem encerra o assunto. Vamos pedir uma pizza mais tarde? Pode ser. Quer vinho?

Oceano

Estava numa piscina onde mergulhava e boiava no mais perfeito dia, com a mais perfeita luz. Até que a água se agitou sem motivo aparente. Parou de boiar e viu, do lado de fora, uma pessoa. Pai? O sol passou a atrapalhar sua visão. Um segundo agito, mais forte, fez entrar água em seu nariz. Ainda recuperando o ar, percebeu mais olhares. Os amigos do pai, a família inteira e até quem ela não conhecia. Uma multidão. Uma onda se agigantou à sua frente. E outra, e outras. Ficou hesitante, sem saber para onde fugir. O que querem de mim? Sua boca fechada. Sentiu que deveria fugir dos olhares. Quanto mais fundo mergulhasse, mais livre estaria. Mergulhou.

A pressão do fundo percorre seu corpo. Acorda com o ouvido tampado. Sente alívio ao ver Henrique. Aproxima-se até sentir a respiração dele em seu rosto. Não sabe até onde ele e o pai conversaram. Fecha os olhos com receio de estar envolvida em algum plano. Julga que o problema é não saber o que chegou a ser dito. Por outro lado, pondera, muitos acordos são tacitamente construídos. Vira para o outro lado e vê o caderno preto sobre a mesa. Lembra dos nomes que anotou. Precisa organizar o raciocínio, fazer um esquema com as informações que possui e com as que presume. Dividiria o caderno em duas partes, Ana e Paulo. Faz uma linha vertical imaginária entre os nomes. Sente sonolência e quer aproveitar para voltar a dormir. Vira de novo para Henrique e sente o coração disparar. Respira profundo para ver se o ritmo se acalma.

Dorme procurando acreditar que o mundo é repleto de coincidências.

Continuidade

Ana, estou aqui conversando com você mas passei maus bocados há pouco tempo. Tive uma depressão grande, fiquei muito quieto, não conseguia falar. Demorei para encontrar um bom psiquiatra, fiz uns tratamentos que não deram muito certo. Agora estou melhor. Tive uma situação com uma empregada aqui em casa, não sei se te contei. Foi pesado. O marido dela ficou com ciúmes de mim, o cara era do PCC, acredita? Queria encontrar um jeito de morrer antes de me pegarem. Foi barra. Agora acho que pararam, deu uma tranquilizada. Não, nesse caso não foi isso, realmente estavam atrás de mim. Tenho certeza e posso te provar isso depois.

Não me importo, posso falar sobre isso com você. Hoje falo de tudo, fiz terapia minha vida inteira. Para dar conta de continuar vivendo depois de passar por um lugar que mata gente. Pela primeira vez, Ana pensa no que Paulo não lhe diz. Sobre o escondido, o fugidio. O choro. O desespero do medo da morte. Cada cigarro que ele fumou e os que molhou para jogar no lixo. Ana pode sentir o não dito que vai além do que se diluiu pela passagem do tempo, que vai além de uma proteção possível presente na fala de um tio com uma sobrinha. Ana pressente o que a palavra não alcança.

Continua a ouvir o que ele pode lhe dizer.

Quando a gente passa por um lugar assim fica uma herança, a ideia de ser perseguido. Falo de uma coisa meio invisível, a gente não sabe quem é, de onde vem. É um medo, um receio. Na vida pessoal sinto isso o tempo todo. A gente não vê nada, mas desconfia de tudo. Perseguido com as coisas, com as pessoas e as situações. Para você ter uma ideia. Ele acende um cigarro e, dessa vez, Ana também. Aconteceu o caso de um companheiro, o Bacuri, que recebeu a notícia da própria morte enquanto estava vivo. Jogaram o jornal na cela dele, contando que ele tinha tentado fugir. Era um terror. Quando você está lá dentro e quando sai da cadeia, o medo é constante. Somente com o passar dos anos é que isso ameniza. Hoje eu não tenho mais medo de ser preso.

Onde termina uma experiência traumática? Ana não lhe pergunta. No Doi-Codi foram assassinados muitos companheiros. Parece que o primeiro foi o Virgílio Gomes da Silva, com o codinome Jonas, da ALN, mas existem vários outros que perderam a vida lá. Ninguém sabia onde a gente estava. Não tinha documentação. Se morresse ali, não haveria prova nenhuma, ninguém iria saber. No meu caso, e no caso de todos os que sobreviveram ao Doi-Codi, fomos encaminhados ao Dops, onde ocorria a regularização das pessoas, onde éramos considerados oficialmente presos. Visita no Dops? Ainda não. Não avisavam a família. Porque alguns companheiros iam direto para o Dops e eram interrogados, torturados e assassinados lá. Esses não eram fichados ali, diferente dos que já tinham sido ralados no Doi-Codi, que dificilmente eram ralados no Dops, a não ser que aparecesse algo novo.

Tem companheiro que foi preso e, quando fui ajudar a fazer o processo de anistia anos depois, ele ficava com medo de que o governo pudesse estar recopiando os dados, refazendo o cadastro para prender de volta. Todo mundo a quem eu ajudei a fazer o processo, e que precisava contar a história, chorava. Sendo um homem velho, com mais de setenta anos, oitenta, avô. Após a prisão, o pessoal procurava não se encontrar, com medo de ser preso de novo. Lembro o dia em que fomos na casa do Patrocínio, uns três ou quatro amigos, e alguém comentou: que falta de segurança todos nós aqui. E um deles disse: a gente devia ter esse medo antes de ser preso, não depois. Antes da prisão existia um medo, uma ansiedade, completamente diferente. Você andava na rua atento ao que pudesse acontecer, mas andava normalmente. Depois da prisão e da tortura, você passa a andar com a paranoia ao seu lado. Se eu avistasse um policial, mudava de calçada. Já fugi até de sirene de ambulância com o coração na boca, achando que era uma viatura de polícia para me prender.

É uma doença. Se você tem essa doença, você não sara. Ela não vem apenas por vias políticas de repressão, mas por outros meios. Eu sempre fecho as janelas da casa às seis horas com medo de entrar morcego. Mas nem sei se tem morcego por aqui. É difícil eu te explicar uma situação que é psicológica. Eu sei que tenho. Fui diagnosticado como um ser persecutório e acredito nisso. Muito preocupado com as coisas, achando que está todo mundo contra mim. No trabalho achava que sempre estavam querendo me prejudicar. E às vezes não estavam. Tive muita dúvida se assumiria a faculdade, o ambiente estudantil era visado e poderia haver infiltrado. É um medo de ocupar espaços. A cabeça fica agitada. Comecei a cursar economia umas cinco vezes e não me formei.

Espaço

Foi um ex-namorado que me ensinou. Ensinou exatamente o quê? A me tocar enquanto transo. Você tem noção do que está me dizendo? O quê? Que ele salvou nossa relação. Esse cara salvou nossa relação. Henrique levanta da cama e começa a vestir a roupa com movimentos rápidos. Cueca branca, calça jeans. Caminha de um lado para outro, cinco passos para cada lado. Vai e vem. Aliás, nem sei se faço falta, não sei se você prefere estar sozinha. Não entendi. Parece que você está sozinha. Talvez você prefira. Não prefiro. Você sente mais prazer quando está sozinha ou comigo? São duas coisas tão diferentes. Que ex-namorado é esse? Nem chegou a ser namorado. Era mais velho que eu. Nem me fala. Ele merece um prêmio. Não acredito que você vai brigar comigo por causa disso. Não estou brigando. Henrique vai até a geladeira e abre uma cerveja. Continua andando de um lado para outro enquanto Ana começa a se vestir. Coloca uma blusa preta, justa, de alcinha. Não usa mais sutiã? Estou na minha casa. Fora de casa também é assim. Henrique enxergava coisas que Ana não via. Não vamos começar. Esse cara é meu herói.

Sempre preferiu estar sozinha.

Quanto mais sozinha, melhor.

Desse jeito, não precisava disfarçar a introspecção. Consideravam-na desatenta, avoada. Não percebiam que

seu foco estava para dentro.

Ficava mais à vontade durante atividades programadas – como em uma sala de aula. Eventos como festas, intervalo de escola, assim como a hora da saída, eram mais complicados. Até hoje sente enjoo com o barulho de crianças em recreio escolar. Na sua época, costumava disfarçar os vinte minutos comendo, em seguida, indo ao banheiro. Como os minutos duravam mais do que isso, sentava-se em algum banco. Mudava de banco para não parecer tão estranha. Caminhava esperando o sinal. O problema todo foi haver recreio cinco vezes por semana

durante quatorze anos.

Na hora da saída também acontecia todos os dias e, às vezes, durava bastante tempo. O pai costumava buscá-la. Ela ficava sentada no chão, esperando, enquanto os demais alunos corriam à sua volta. Ele costumava demorar e, em alguns dias, atrasou tanto que toda a turma da manhã foi embora. Ana via cada aluno, um a um, saindo. Suportava o alvoroço e a calmaria da escola vazia sentada no chão, com a mochila ao seu lado e bastante fome. Algum funcionário se aproximava para perguntar algo e depois fazer uma ligação da guarita. Não sabia por que o pai demorava tanto. As crianças da tarde começavam a chegar. Não conhecia aqueles rostos. Que demora.

O que é alguns dias sendo esquecida na vida de uma criança?

Já beberam algumas cervejas. Ele bebe mais, ela acompanha bem. Embora tivessem fumado na janela, o apartamento cheira a cigarro. Ela está na cadeira verde, com as pernas dobradas e os pés apoiados na beira do assento. Henrique, no sofá preto, se levanta e se senta a todo momento. Agora, pior que a proposta de redução dos ministérios, foi a indicação do juiz para o Ministério da Justiça. Como foram eleger esse homem como presidente? Pois é, elegeram. Ele falou em memória do Carlos Alberto Brilhante Ustra na votação do Impeachment, o pavor de Dilma Rousseff, como alguém assim é eleito? Chefe de operações do Doi-Codi, reconhecido como torturador. O pessoal queria tirar o PT. E seu tio? Tem falado com ele? Até que sim. Estes dias estava pensando na viagem dele à Bulgária. O quê? Deve ter ido para aprender a pegar em arma. Acho que não. Henrique acende um cigarro. Acho que sim. Ele nem passou muito tempo. Quanto? Um mês, quarenta dias. Única viagem internacional da vida dele. Lembro que me trouxe umas bonecas, eu e minha mãe estávamos na casa dele nessa época, meus pais separados. Então ele não foi passear. Claro que não, foi pelo PCB, isso eu sei. Mas não quer dizer que pegou em arma. Você acha que ele ficou sentado assistindo a aulas? Tá, mas o que você quer dizer com isso? Nada, só estou falando. A gente estava falando de um presidente que apoia publicamente um torturador. Ele ovacionou o cara que torturou a Dilma, é disso que estamos falando. Calma, não precisa ficar nervosa. Ana, está vendo como é difícil conversar com você?

Ordem

Havia os industriais que apoiavam os órgãos de repressão. A Oban, anteriormente, e depois o Doi-Codi de São Paulo, eram muito frequentados por empresários que davam um dinheiro, faziam uma caixinha para os militares pagarem os custos com o sistema de tortura. Posso citar a Volkswagen, a Ford e a Ultragaz, que financiavam e ofereciam carros. O Grupo Ultra chegou a colocar seus caminhões de entrega de gás a serviço da ditadura militar. Segundo a revista *Veja*, o inimigo número um do Brasil era o Marighella. Aí, colocavam investigadores nos caminhões de gás. Não sei se isso é verdade.

O caso que mais ficou conhecido foi o do Boilesen, executivo que presidiu a Ultragaz. Ele frequentava e assistia às sessões de tortura. Inclusive, li esses dias em um livro que ele, o Sebastião Camargo, da construtora Camargo Correa, e outros empresários fizeram uma espécie de rateio para premiar quem matasse mais subversivos. Daí a ganância do Sergio Paranhos Fleury de ficar matando gente. Esse era o pior torturador do Brasil. Boilesen foi executado numa ação. Foi morto na mesma rua onde, dois anos antes, mataram o Marighella. Aconteceu também o caso do pessoal do Doi-Codi que deu uma batida nos armários dos metalúrgicos na empresa em São Bernardo do Campo. Os funcionários tiveram de mostrar tudo, estavam buscando material, panfletos. Tudo isso é colaboração entre empresários e os órgãos de repressão da ditadura.

Propulsão

Combinaram, Henrique iria ao apartamento às sete da noite. São nove horas e ela está fumando um cigarro na janela do quarto. Com o celular na mão, pensa que, se estivesse no Brasil, ligaria para uma amiga que gosta de beber chope às sextas. Passa pelos contatos devagar, abrindo alguns deles. Liga para Henrique. Nada. Vai para a agenda e rola de A a Z. Volta ao nome dele. Só mais uma vez. Nada.

Olha-se no espelho. Levanta a blusa e ajeita os seios pequenos no sutiã de bojo rosa que havia acabado de comprar. Gosta, pois ele deixa seu peito com mais volume. Começa a experimentar brincos, um após outro, de todos os tamanhos e cores. Não sabe se a impaciência vem do fato de ele não aparecer ou pela angústia que não gostaria de estar sentindo. Com um brinco de pedra verde e pequena, volta a fumar mais um cigarro na janela do quarto. Senta-se no parapeito, apoia os pés na escada de incêndio e mantém o tronco inclinado para a frente, para que consiga ficar do lado de fora. Nunca havia sentado ali. Continua a checar o celular, são quase dez.

Em um impulso, resolve ir ao hotel. É um lugar simples, cujos hóspedes são, em sua maioria, jovens. Tinha notado esse público na época em que frequentava o café ao lado. Sente saudade das tardes que passava ali. Sobe a escadaria estreita, de madeira. Não sabe o número do apartamento. Pergunta pelo nome. Chamam no quarto pelo telefone enquanto Ana, apoiada no balcão, repara que eles mantêm registros em um grande caderno. Acha antiquado o controle de hóspedes em folha de papel e se distrai observando a letra, que lhe parece antiga. Seguem chamando no apartamento e ela continua debruçada no balcão e identifica o nome de um ex-funcionário de seu pai: Cláudio Cortez.

Pergunta quem é aquele homem, apontando o dedo na folha. Um hóspede anterior. O porteiro fecha rápido o caderno, protegendo as informações. Nesse instante, Henrique atende. Desce e, segurando seu rosto com as duas mãos, beija-a várias vezes enquanto pede desculpas por ter pegado no sono. Ela pergunta por que um ex-funcionário do pai estava hospedado no hotel. Henrique diz não saber nada sobre isso. Ela tenta confirmar com o porteiro, que se recusa a dizer qualquer coisa. Sem conversar mais, começa a descer as escadas. Espera, vamos conversar. Embora os degraus sejam curtos e irregulares, ela continua a andar rápido.

Ao sair, vira-se para Henrique: você é o segundo que meu pai envia, é isso? Do que você está falando? Estou aqui porque quero. Vi o nome, devia estar no quarto em que você está. Henrique passa as mãos pelos cabelos. Você está maluca. Sente vontade de empurrá-lo com toda força,

mas sabe que seria preciso mais do que isso para tirá-lo de sua vida.

Começa a andar na direção do apartamento. Henrique fica parado no meio da calçada.

Deserto

Pega o caderno de capa preta e abre em uma página em branco. No topo escreve: pai. Começa a riscar com força em cima e a chorar como uma criança. Por que você está fazendo isso? Enxuga as lágrimas com a gola da camiseta. Abre uma nova página em branco e de novo escreve, de um lado Ana e de outro, Paulo. Não faz uma linha entre os nomes. Desenha uma grande seta para baixo e escreve com letra de forma, pai. Pega uma taça de vinho e um cigarro. Dessa vez, não vai para a janela, polui o ambiente como se pouca coisa importasse. Um grande filho da puta. Tudo começa e termina nele. Não sente mais vontade de chorar.

Existe um tipo de tristeza que seca as lágrimas.

Talvez seja raiva.

O telefone toca e ela atende. Ninguém responde. Procura identificar o número, no entanto aparece como restrito. Anota o horário da ligação no caderno, vinte e duas horas e quarenta e cinco minutos, sexta-feira. Devem estar querendo saber de mim. Grita, por que não fala quem é? Supõe que Henrique ligou para seu pai e que seu pai pediu para alguém ligar, no mínimo para saber se ela atenderia. O telefone toca de novo. Número restrito. Ela atende muda. O coração disparado. Ouve a respiração de outra pessoa na linha.

Pai?

Desligam. Volta a chorar com lágrimas.

Dez horas e quarenta e oito minutos.

Velhaco

Seu pai se quebrou como um vaso de vidro. Os cacos estavam pelo chão, o lixeiro entrou de roupa laranja e, com uma vassoura de cerdas duras e escuras, varreu os pedaços para uma pá de metal. Ana era criança e acompanhava a cena. Viu o homem sair pela porta, subir no estribo do caminhão em movimento e arremessar seu pai na caçamba. Não teve tempo de fazer nada, a não ser imaginar que jamais poderia recuperá-lo, tão misturado que estaria aos dejetos, ao chorume e ao fedor. Foi tudo tão rápido. O moço do lixo não olhou para ela. Você não percebeu que era meu pai? Não conseguiu dizer.

Acorda tentando pronunciar uma palavra. Tem a sensação de que queria evitar que seu pai fosse triturado. Não pensa que sua maior vontade era

atirá-lo, ela mesma, ao lixo.

Chora por ter acabado de perder o pai.

CAPÍTULO / QUATRO

Melodia

Nenhum corretor de imóveis pode assegurar que não haverá ratos em um apartamento em Nova Iorque. Verificam se há buracos nas paredes, rentes ao chão, mas não podem garantir. Em Manhattan, todos os apartamentos, de todos os prédios, precisam ser dedetizados uma vez por mês. Nem sempre os moradores estão em casa, nem todo mês todo mundo faz. Ana mensalmente se assusta com as batidas na porta. A voz de um homem forte e grande logo anuncia a dedetização pelo corredor. O medo dos ratos sempre falou mais alto que a preguiça de deixá-lo entrar.

Em suas primeiras noites ali, demorava a pegar no sono. Acostumar-se com um lugar é se familiarizar com as sensações do antes de dormir. O peso da coberta, a altura do travesseiro, ou nenhuma dessas coisas, quem sabe a luz que passa pela janela ou debaixo de uma porta. Nova Iorque não é o céu estrelado de uma pequena cidade de praia. Ana teve de se acostumar com o barulho dos ratos que pressentia e, também, com o som das ambulâncias. Nunca soube muito bem se era ambulância ou polícia, mas se sentia desconfortável com o aviso rápido de que alguém estava morrendo, sendo perseguido ou preso. Foi se acostumando: as sirenes passaram a ser companhia, e começou a confiar que a dose de veneno estava correta. Voltou a dormir e a sonhar.

A partir dessa noite, da noite em que atirou o pai ao lixo depois de ver o nome do ex-funcionário no livro do hotel,

Ana não sonhará mais.

E, quando não sonha, penetra em outro tipo de profundidade. A possibilidade dos ratos está de volta e Ana sente que eles aguardam que ela relaxe para começar o barulho. Um enrijecimento se forma no alto do pescoço e mergulha até os ombros. Seu medo é frio.

Por isso tiram a roupa de quem vai ser torturado?

O medo é sempre frio. Enquanto tenta dormir, os dentes de baixo fazem uma pressão leve empurrando os de cima para frente. Sirenes passam o tempo todo. Pulei três muros altos, achando que estavam atrás de mim, fui sair na outra rua e, quando vi, era o Samu. Não sei se é ambulância. Parece que está acontecendo alguma coisa na cidade.

Talvez o barulho mais difícil de ouvir seja daquilo que não se pode ver.

Os gritos dos companheiros sendo torturados. Ana volta a se angustiar com os buracos de tudo aquilo que ouve. Era uma angústia muito grande não saber como ele iria voltar e se iria voltar. Adormece com as sirenes e acorda com dor no maxilar.

Combinatória

O interrogatório se divide em duas partes: uma é com relação aos caras que já estão presos, desses você tem de falar um pouco. Agora, quando eles não têm nada, aí dá para segurar. Porque é isso, se você fez uma ação com alguém que não está preso, dá para controlar a informação. Só não segurava quem virava para o lado da repressão. Esses falavam o que sabiam e o que não sabiam. Você tem de ter certeza de qual lado você está. Ana tem certeza, mas o começo de um dia tem sempre algo de apaziguador, e ela pega o celular buscando uma mensagem de Henrique. Nada. Não sabe se acha melhor assim. De novo, não sabe. Por um lado, quer que ele apareça e faça um túnel com as mãos por onde passe o sussurro do eu te amo. Por outro, quer voltar a ficar sozinha,

sentir o fino equilíbrio de quem procura esquecer qualquer forma de desejo.

Para ganhar tempo, olhava para o moço que aplicava os choques. Ele ficava atrás de mim. Eu só dava novidade dentro do roteiro. Até que um dia um interrogador me chamou e disse: olha, não vai ter pau, não vai ter nada, mas a gente não entende como você foi a Brasília sem contato. Como eu sabia que ninguém de Brasília tinha sido preso, isso dava para segurar. Certeza, vi o nome dele no livro do hotel. Coisa do meu pai. Levanta da cama sabendo que está lidando com um rato velho. Sabido. Imundo. Jamais vai me dizer. Pouco conversou comigo durante a vida. Teve também uma história do Capitão Chandler, da CIA, que veio dar um curso de tortura aqui no Brasil. Só que ele queria fazer uma aula prática e pediu para arrumarem quatro pessoas. Pegaram três mendigos e uma prostituta. Morreram todos. Entendeu? Ana sente enjoo. Ainda assim, faz um café e come pão com manteiga. O diretor do Grupo Ultra assistia às sessões de tortura. Sádico. Depois foi executado. A ideia de que seu pai passava os nomes, inclusive do seu tio, aos militares, vai lhe parecendo cada vez mais clara.

Pai, você ajudou a prender o tio?

Faz essa pergunta na frente do espelho, de novo na frente do espelho.

Seus olhos abertos fazem uma pressão para fechar, e ela se olha pela fresta contraída. Inspira e solta o ar em um suspiro. Era o irmão da esposa dele; a esposa, a mãe da filha; o irmão da esposa que era o homem mais importante na vida da filha. Você o entregou à tortura, pai? Nunca recebeu muitos afagos das mãos dele, é verdade, mas era diferente imaginar todos aqueles dedos podres. Até onde isso foi? Ana sente horror nos olhos, a vergonha vem com um aperto no peito e a dor aparece no queixo que treme. Era comum empresários apoiadores da repressão assistirem às sessões de tortura? Não, não era aberto ao público. Acontecia nos porões. Não era comum ter mais gente.

Passar uma lista de nomes seria mais leve?

Ana não se sente bem. Procura no Google: filhas de torturadores. Começa a ler os casos da Argentina. Chega ao grupo Histórias Desobedientes, de filhas e filhos de genocidas. Enquanto chora, lê sobre pais que torturavam e matavam.

Uma pessoa pode ser duas?

Pai, por um lado, torturador, por outro? A filha conclui que não: as mãos que a acariciavam estavam contaminadas. Continua lendo e vê que no Chile há um grupo com o mesmo nome. Arrisca: Histórias Desobedientes Brasil. Encontra uma página, existe. Na voz de outros filhos está o terror que sente, o mesmo grito, uma regurgitação, um sufoco. Ana, veja bem, isso é de ouvido, não está escrito em lugar algum. Mas o que sei é que teve um cara, um tal de Geraldo, que era menor de idade na época. Torturaram o pai na frente dele. Depois, em outro dia, o pai morreu em tortura. Os anos se passaram, e a filha desse Geraldo estudava junto com a filha de um delegado do DOPS, eram amigas. A filha do delegado pediu para a filha do Geraldo verificar se o pai era um torturador. Confirmou, infelizmente ele foi um torturador. A moça não aguentou e se matou. Ana não consegue mais ouvir como expectadora.

Sente-se parte e, como parte, sente náusea.

Quase filha de um torturado,
quase filha de um delator.

Fica encolhida no chão e, com o ouvido colado na madeira, ouve um arranhão e um grunhido agudo.

Vertigem

Precisa fazer algo, sair de casa e das voltas da sua cabeça. Angustia-se ainda mais ao pensar em Henrique.

Se não consegue se desvencilhar dele, não conseguiria fugir do pai.

Faz um rabo de cavalo alto com o elástico rosa que estava no pulso e vai lavar o rosto. Não quer tomar banho para não perder o ímpeto. As ruas de Nova Iorque aliviam dores, transformam sentimentos em algo cinematográfico, e Ana assimila essa aparência ficcional ao puxar a porta pesada de ferro verde. Aperta os olhos ao sentir a claridade. Ver a rua, ver tudo, deixa a gente meio emocionado. O tamanho dos carros. Porque, quando a gente está preso, tudo é reduzido, a gente não vê grandes coisas. São muros, paredes, grades. Então dá uma esquecida. Ana não consegue esquecer.

As cenas se ligam umas às outras.

Sente o emaranhado de uma teia afetiva entre as pernas. Caminha.

Troca olhares com estranhos como quem busca companhia. Supõe dramas alheios, pessoas que já rodaram o mundo e que se estiraram no espaço físico, nessa experiência de migrar. Pensa que quem a olha também entende um pouco dela. Entra no café de sempre e vê alguns rostos conhecidos. O garoto do caixa lhe dá um sorriso rápido. Sabe o que ela vai pedir. Café? No Doi-Codi havia uma boa alma que deixava um cafezinho quente no canto da cela. Não falava nada, a gente não sabia quem era, mas tinha aquele cafezinho quente. Isso aumentava nosso ânimo, um gesto pequeno que valia muito naquela altura. Que tamanho? Pequeno. Com creme? Não.

O vivido por um pode ser carregado por outro?

O que Paulo lhe contou e o que não lhe contou ela já conhece. Está em seus ossos. Disso não pode se livrar sem que seja, ela mesma, aniquilada. Está no corpo dele e no corpo dela. Um trauma cai como chumbo. Pode ser rápido, é dolorido, provoca rachaduras que se alongam e desorganizam não apenas uma vida. Quem está por perto tropeça na fenda.

Está vazio o lugar perto da parede de vidro, onde ela gostava de se sentar. Vontade de ficar ali até escurecer, tomando café e rabiscando o caderno de capa preta. Dá uma olhada para ver se, por acaso, encontra Henrique. Gostaria, mas não quer. Precisa sair dali. Não sabe se há alguém a vigiando.

Sente-se dentro de uma ficção, sem saber qual parte da fantasia é real.

Dirige-se ao metrô. Vai até a parte mais baixa da cidade para conhecer um cinema antigo e famoso, o Angelika. Observa cartazes de filmes clássicos: *Tarzan*, *Superman*. Assiste a *Colette* e se identifica com a protagonista, uma romancista francesa cujos livros eram assinados pelo marido. Naquela época, havia guarda civil nos cinemas. Estava vendo um filme e fiquei imaginando: vou sair antes porque quando acabar o pessoal vem me buscar. Procura o tempo todo por uma mensagem de Henrique. Quem sabe ele desfaça tudo, quem sabe ele apareça logo. Pode estar comigo porque quer.

Posso ter exagerado, posso ter visto coisa.

Já na rodoviária de São Paulo tinha um funcionário do presídio, achei aquilo uma coincidência muito grande. Mas não teve problema algum. Era um funcionário subalterno, não era policial. Não acredito que tenha havido perseguição nesse caso. Não era nada.

Pode não ser nada. Pode não ser nada.

Está numa região com bares e pessoas jovens com dinheiro. Entra em um bar que mais se parece uma casa, com trepadeiras nas paredes e na grade do portão. Senta-se numa das primeiras mesas, na rampa pouco inclinada da garagem. É um casarão. Olha a parte de dentro, decide não entrar. Pede uma cerveja e batata frita. Agora está sentada em um galho, no alto do abismo. Não olha para baixo, foca a tela do celular. Vamos nos encontrar às oito? Digita rápido que sim. São quatro e meia da tarde.

Brusco

Três horas e meia depois, abre a porta e enlaça os dois braços no pescoço dele. Ei, o que aconteceu? Eu não sei. O que foi aquilo?

Talvez eu tenha visto coisa.

Ele agarra sua cintura e a levanta do chão por alguns segundos. Aí eu achei que seria umlocal de descanso, um alívio, uma praia, um negócio relaxante, mas estava descascado na parede da cela: aqui já morreu um. A gente fica transtornado com um mero descascado da parede. Aproveitei para ir ao cinema, legal o filme. Henrique vai até a geladeira e abre uma garrafa de cerveja. Com quem você foi? Ana também pega uma cerveja.

Sozinha.

Isso é o que você diz. Quê? Não acredita? Acredito, só não sei o que é pior. Ana ri sem achar engraçado. Como assim? Ele começa a andar de um lado para outro. Mulher que faz isso está pedindo. Ana não entende aonde ele quer chegar. Fui sozinha porque você não apareceu. Ele continua o vai e vem. Ela se senta e apoia as mãos na cabeça. Alguém deu em cima de você? Claro que não. Teve sorte. Ou azar, vai saber. A última frase foi dita com o cigarro na boca, em voz baixa. Do que você está falando? Vai ver queria conhecer alguém. Chega! Desconfia que seu pedido seja em vão. Ninguém se aproximou de você? Claro que não. E você, onde passou o dia? Não estava sozinho no cinema, tenho namorada para isso. Estavam em pé, frente a frente: chega, Henrique. Melhor eu ir embora.

Fica, não estou muito bem.

Damasceno enlouqueceu lá na cela. A gente fazia trabalhos com miçangas, colares, pulseiras, isso no Tiradentes, e ele acordou um dia e começou a jogar todas as miçangas no corredor, teve uma convulsão. Ficou louco na nossa frente. Foi levado para o hospício e nunca mais se soube dele. Antes estava bem, aparentemente. Henrique a abraça meio de lado. Ela o puxa para perto, dorme aqui hoje? Não sei, amanhã tenho que acordar cedo, fazer umas coisas. Estou com medo. Medo de quê? Não sei, de enlouquecer. Estou confusa. Ele sai do abraço e vai para a geladeira abrir outra cerveja. Não fala besteira. Vou acordar cedo amanhã, fazer umas coisas.

Se ele for, ela se sentirá devastada.

Ele a abraça de novo. Em qual cinema você foi? Angelika. Não tínhamos combinado de ir juntos?

Ana encosta as duas mãos no peito dele e
o empurra enquanto um berro explode de sua boca.

Ele dá um passo para trás e ela volta a empurrá-lo com força. Tá maluca? Ele a segura enrolando os dois braços em volta do corpo dela e caem no chão. Me solta. Você me bateu, ficou maluca? Assusta-se consigo, mas não consegue parar. O centro das sobrancelhas está contraído, lágrimas saem secas, a boca com os cantos para baixo. Ela tenta se desvencilhar.

Ana não fala.

Ei, se acalma. Ela pede: vai embora, vai embora. Eu te amo, eu te amo. Ela começa a se acalmar. Os dois viram de frente e ficam abraçados no chão. Você está aqui porque meu pai pediu? Acha mesmo que estou deitado no chão porque seu pai pediu? Ana respira com a boca seca. Preciso beber água. Não faz mais isso. Desculpa. Se controla. Estou confusa. Fica calma. Dormem juntos. Ana não sente medo de ratos e não sonha.

Quase acredita que ele a ama,
quase acredita que seu pai não tem nada a ver com isso.

Fenda

O telefone toca no meio da madrugada. Está sem som, mas ela vê a luz. Atende, ninguém responde. Henrique não ia dormir aqui, dormiu. Tem coisa aí. Anota o horário e o dia embaixo das anotações anteriores. É uma folha de sulfite, com anotações em preto. Não consegue dormir. O que meu pai fez? Ela sabe que, talvez, a pergunta não seja essa.

O que meu pai é capaz de fazer?

Chutaria a cara de um militante? Cuspiria em cima dele?

A ideia do pai delator a aterroriza. Paulo foi torturado quase até a morte enquanto seu pai permaneceu atrás de uma mesa bonita, bebendo todo o uísque que podia. Paulo ficou gago, depois de trinta anos de trabalho se aposentou como escriturário, foi chutado como uma bola de futebol. Não matou. Não delatou. Fechou a boca sob tortura. Não deseja vingança. Tornou-se um homem maior que sua dor. E seu pai? Fazia-lhe cócegas algumas vezes. Ana chora. Ele lhe fazia cócegas. Passava por ela e brincava. Mas em pouco tempo ele voltava a caminhar jogando o peso de uma perna para a outra. Haveria remorso? Olha para Henrique, ele está de costas.

Espectro

Acorda num susto: preciso terminar a matéria. Tinha esquecido. Está com medo de não conseguir dentro do prazo. Ainda preciso escrever sobre o Museu de História Natural, que se recusou a sediar o evento que vai homenagear o governo brasileiro. Pediram isso? Sim, ordens. Esse tipo de coisa sempre cai na sua mão. Não é à toa, o cara conhece meu currículo e o pessoal que trabalhou comigo. Tenho orgulho de você. Também tenho de você. Tem nada. Claro que tenho. Não tinha tanto. Henrique, preciso terminar de escrever. Quer aproveitar o desejo de passar um tempo sozinha. De tempos em tempos olhava a lista com as ligações e pensava o que aquilo tinha de

verdade.

Havia, sim, realidade: o telefone tocava, o número era restrito, ela atendia e não havia resposta. Procura um padrão nas chamadas, nos horários e dias da semana, não encontra. Começa a somar os números aleatoriamente, ver se encontra alguma pista. Nada. Nem sabia o que poderia encontrar.

Pode não ser nada e pode ser alguma coisa

Procura se acomodar nos cinquenta por cento da possibilidade repartida. Volta a escrever. Para de escrever. Come doce e come pão. Bebe água, depois café. Escreve. Acende um cigarro e fuma pela metade. Preciso parar. Amanhã. Depois eu paro. Escreve mais um pouco. Levanta e anda pelo apartamento. Coça o pescoço levantando a cabeça. Para na frente do espelho.

Não sabe o que tanto procura no espelho.

Os olhos castanhos e um pouco puxados estavam ali do

mesmo jeito. O nariz fino, que as pessoas costumavam elogiar, e a boca fina que ela queria mais grossa. Pega um batom sem cor e com brilho. Tenta aumentar aquele volume. Continua a fuçar na imagem. O cabelo castanho-claro dando algum volume ao rosto magro.

Ana.

O que se quebra quando se suspeita de um pai?

Sente vontade de chutar aquela superfície. Esperou por ele sentada no chão da escola e agora, na frente do espelho, vê tudo estilhaçado.

O que sente?

Investida

Mesmo com todas as suas fraquezas, há algo forte que transborda de seu corpo e faz com que seja notada, mesmo que por um segundo, em qualquer ambiente. É assim enquanto caminha de salto alto por aquele restaurante cheio de vidros, no topo dc um prédio de Manhattan. Foi assim há pouco, quando abriu a porta para Henrique. Os olhos dele brilharam, que linda você está. Transaram sem que ela tirasse o vestido e saíram de casa ainda ofegantes e corados, para não perderem o horário da reserva. Ele a surpreende não apenas com o lugar. Antes do jantar, coloca em cima da mesa uma caixa azul, quadrada e pequena. Desde quando ele chegou ao apartamento até agora, Ana sentiu que talvez não fosse tão difícil ser feliz.

Mas tudo se dissipa logo que ela olha para o anel.

Não que seja feio, ao contrário, a luz do ambiente o deixa encantador. Porém a única vontade que sente é perguntar como pagou por aquilo. No último aniversário de casamento que seus pais passaram juntos, o pai presenteou a mãe com uma joia, publicamente, durante a festa. A mãe recebeu o anel com um sorriso, mas saiu de casa na mesma noite. As malas estavam prontas. Abandonou o marido enquanto ele dormia. Talvez Henrique não soubesse, mas aquele presente é a cara do pai de Ana.

Nesse momento, ela não tem mais dúvidas.

Vê um homem fraco. Nem sequer deve ter escolhido. Que lindo. O canto da sua boca repuxa enquanto sorri. Procura disfarçar o movimento dos lábios e do canto do nariz. O anel serve em seu dedo anular direito. Enquanto estica o braço para mostrar a Henrique, imagina que a mãe também esteja envolvida. Sua mãe sabe das coisas. Ana fica desconcertada e não consegue rir junto com Henrique. O quê? Quem você acha que me deu o número do anel? Ana olha para baixo, parece sem graça,

mas o que sente é nervosismo.

Levanta o olhar para Henrique tentando adivinhar sua intenção. A única coisa que encontra é o sorriso de que mais gosta. Procura aproveitar o jantar. Perto do que a gente havia passado, aquilo era uma colônia de férias. A nossa cela do Tiradentes era a melhor que tinha, mais organizada, horário de leitura, almoço, jantar. A gente teve sorte porque foi preso o Chico, que era cozinheiro profissional. Recebíamos o arroz, ele lavava e temperava outra vez, daí ficava bom. Lugar chique que você me trouxe. Gostou?

Fio

Ao chegarem no apartamento, Ana sente a garganta fechada.

Sente medo de não conseguir respirar.

Tenta engolir. Não sabe se é impressão. Comi algo de diferente? Nada. Talvez a língua esteja grande também. Não sabe. Olha no espelho. Coisa mais difícil é saber o tamanho da língua, se está inchada ou não. Vê se minha língua está inchada? Não, me parece normal. Procura ver a garganta. Apalpa com o dedo e sente ânsia, mas nunca foi de vomitar com facilidade. E se faltar o ar? Estou com medo. Ana, não é nada.

Sente frio.

De novo. Aquele frio que não adianta colocar blusa. Bebe um gole de água para ver se está descendo. A água desce, o ar deve estar passando também. E se acendesse um cigarro? Boa ideia. Fuma na janela. Fica olhando o celular e lê uma fala do presidente do Brasil: se o presidente da OAB quiser saber como o pai dele desapareceu no período militar, eu conto para ele. Estremece. Cai junto com as lágrimas e chora sentada no chão. Ana, você está exagerando. Por que ninguém se levanta contra isso? Olha o que ele está dizendo, na frente das câmeras, com microfone, sobre um homem que foi morto aos vinte e seis anos no Doi-Codi do Rio de Janeiro. O corpo foi incinerado. Calma, Ana. Henrique, você sabe do que estamos falando? De gente que mata gente. Que espécie de tortura é essa agora? Pública. Falar dessa maneira. Onde isso vai parar? Não há manifestação contra. Uma notícia aqui, outra ali. Nada de espetacular. A única coisa de espetacular foi o funcionário do presídio na rodoviária de São Paulo. Mas, na volta para casa, eu estava pensando em onde iria conseguir emprego. Claro, as famílias têm seus costumes em função da classe. A classe média tem mania de fazer uma recepção, estourar um champanhe, mesmo que barato. A minha família era pobre. Então, no trajeto, fiquei preocupado: onde vou arrumar um serviço? Tive sorte, fui trabalhar no escritório de contabilidade de um amigo, fazer toda a parte do imposto de renda. A vida segue. Não tem champanhe. Continua.

Vai engolindo.

Só que tem horas que a garganta fecha.

Mais um gole de água. Desceu. Deve estar bem. Puxa o ar pelo nariz. Respira fundo. Solta pela boca. Ainda disse que foram os companheiros que mataram o pai do Felipe Santa Cruz, disse sem provar. Ele não prova nada. Todos os Doi-Codi eram centros de tortura e de extermínio. Temos um presidente que fala o que não precisa, o que não deve, mentira. Continua no celular, procurando se distrair da garganta.

Sensação de que o ar não vem.

Ana, levanta desse chão, vem, a gente acabou de vir de um restaurante, esqueceu? As coisas não são tão simples, seu tio, por exemplo, não está recebendo dinheiro do governo? Não. Ele está recebendo uma reparação do Estado, completamente diferente. Não repete mais isso, Henrique. Aliás, aprendeu a falar isso com quem? Vem cá, tenta ver minha garganta.

Vento

Nem posso conversar muito com seu pai. Imagina ele perguntar como a gente se conheceu? Não acredito que você vai falar disso. Na festa de um congresso de jornalismo. Ana estava sentada em uma mureta, de frente para a pista de dança, meio cansada, tinha bebido bastante. Pior, imagina quando nossos filhos perguntarem como nos conhecemos? Ele estava passando e se olharam no mesmo momento, fez um clarão. Não acredito que você vai voltar nesse assunto. Ele se sentou ao seu lado e começaram a conversar. Saíram de perto da pista e foram de ambiente em ambiente, até que estavam lá fora, em um banco no meio do jardim. Depois caminharam mais um pouco. Não dá para dizer que a gente transou de primeira na beira do lago.

Ana estava com um vestido florido.

Quando terminaram, ela saiu de cima dele para vestir a calcinha. Espera, tira de novo, vem cá. Deu um beijo em sua virilha. Nesse momento, ela soube que se veriam de novo. Nunca pensei que a gente fosse namorar. Nunca namorei uma mulher assim. Assim como? Você que pediu meu telefone. Ela anotou em um pedaço do papel do maço de cigarros. Não era para te namorar.

Henrique, por que você está aqui?

Não sabe mais para onde fugir. Não quer mais falar.

Se fossem conversar com ela na hora do recreio ou da saída, era como se sua voz sumisse. Oi? Tinha de repetir o que havia dito, já sem vontade nenhuma de dizer. Cansou de brigar, não quer voltar a brigar com Henrique. A única coisa boa é que enquanto briga não sente medo, vazio nem frio. Se há dias que duram para sempre na vida de uma criança sentada no chão da escola,

quanto tempo dura uma semana sendo ralado no inferno?

Gagueira eu tive depois da prisão. É o medo de falar. As coisas estão um pouco confusas, um pouco misturadas. Olha, desculpa, preciso dormir mais cedo. Estou cansada. Me deu um sono de repente.

Ela quer sonhar.

Sente falta dos sonhos.

Vai dormir aqui? Vou. Ela gosta. Não entende, mas gosta. Sem contar o tanto de gente com quem você já dormiu. Oi? Que tanto de gente com quem eu já dormi? Não aguenta mais. Por que você faz isso? Não estou fazendo nada.

Ana dorme e acorda como se nada tivesse acontecido. Nenhuma ventania, nenhuma chuva de carros que lhe avisasse que seu mundo estava desabando.

Nunca chegaria a sonhar com uma orquídea.

Antes de dormir, desejou qualquer coisa, lavar-se diante de estranhos, matar pessoas dentro de uma casa. Mas nada aconteceu e ela acordou

angustiada.

Me dá mais um pouco de café, pai?

Pai?

Desculpa. Henrique. Por que você não liga para ele? Por que ele não liga para mim? Os filhos que devem ligar para os pais. Ele ficaria feliz. Não quero. Você só fala com seu tio. Ele é mais meu pai. Nunca teve filhos, nem sabe o que é isso. Henrique, por favor. Acho que você devia ligar.

Disrupção

Chegaram investigadores na empresa e me deram voz de prisão. Fui para o quartel do Exército. No carro, todo mundo quieto. Me levaram e nesse dia fui interrogado. Meu companheiro foi muito ameaçado e torturado lá. A gente ficava em estado de choque. Tanto pela idade quanto pela inexperiência. Nunca tinha sido preso. Depois fomos conduzidos para o Doi-Codi algemados um no outro, não da maneira que estamos acostumados a ver nos filmes. Chegando lá, fui carregado direto para o interrogatório. Foi na

cadeira do dragão

que eu passei a noite inteira levando choque. Me colocaram sem roupa. Não é para constranger, é para sentir mais o choque. Então você fica como se estivesse numa cadeira elétrica, como a gente vê nos filmes dos Estados Unidos. É um aparato como aquele. Amarram os pés, te amarram nos braços da poltrona. E te mandam choque atrás de choque.

Em quanto tempo se cria um trauma?

Ana sente um arrepio passar por seu corpo. Por onde o trauma caminha?

Os ombros começam a contrair involuntariamente. Pequenas tremidas e frio, de novo. Você respira porque não precisa fazer força para isso. Alguma cócega e mais nada. Mais uma fisgada no pescoço. Lembra-se dele bebendo uísque. Bebeu uísque a vida inteira.

Do que é feita a trama familiar?

Até ser levado ao DOPS, a família não sabia onde eu estava, como estava, não tinha dia de visita, nada, nada, nada. Se morresse, não teria prova. Pensa em descer, a cidade e a luz sempre a ajudaram de alguma maneira, mas sente medo da multidão girando à sua volta.

E se morresse?

Uma ambulância passa rápido e barulhenta. É a polícia? Vou conseguir sair? Fica em casa. Não quer mais sair nem para levar o lixo. No DOPS eu consegui mandar um recado para fora, por um cara que estava detido e ia sair. Escrevi um bilhete para a mãe de um outro companheiro. Que nós estávamos vivos, presos. Faz meses que não falo com minha família. Até minha mãe parou de ligar. Henrique deve estar dando notícias. Já que você está saindo,

leva o lixo para mim?

Fiquei ali uns quinze ou vinte dias no DOPS. Menos aterrorizante que o Doi-Codi, sem dúvida nenhuma. Depois de respondido tudo, de passar pelos interrogatórios, eles mandavam o processo à auditoria militar, e daí a gente saía da delegacia, que era o DOPS, e era encaminhado ao Presídio Tiradentes. Ali a gente ficava aguardando o andamento do processo, o julgamento. Alguns eram liberados na audiência com o juiz. O Tiradentes a gente chamava de colônia de férias. Mesmo assim, era água escorrendo do banheiro para o meio da cela, luzes fracas e superlotação. Os espaços eram minúsculos. Mas ali a gente tinha o alívio de saber que acabaram os interrogatórios e as pressões mais violentas. Não, Ana, conto isso com tranquilidade, como te disse, fiz terapia minha vida inteira, hoje falo sobre isso tudo com tranquilidade. Não tenho mágoa. É uma tristeza que a gente carrega, mas a vida é assim. A vida não é fácil para ninguém. Claro, a gente não sai da prisão com muita autoestima. Mas aí a vida vai rolando. Nada de espetacular. A gente continua vivendo. Seu pai? Não acredito nisso. Não acredito. Sim, sempre tivemos uma convivência amigável, você sabe disso. Você tem que esquecer isso, Ana. Não, não é assim. Não acredito nisso. Olha, volta, você precisa voltar. Vem aqui ficar comigo.

Pega a folha com anotações em preto, e há mais de vinte chamadas anotadas.

Desnorteio

Sente medo de ficar sozinha.

E se eu morrer? Estou incomunicável. Vão demorar para me encontrar. Ninguém saberá das suas dores. Não terei a mão de ninguém para segurar. Morrer. Essa ideia é capaz de sufocá-la. Sente a garganta fechando. Estávamos incomunicáveis no Doi-Codi. Não que fosse uma solitária. Entre os presos, a gente se falava. Mas ninguém de fora sabia que a gente estava ali. Ninguém era fichado, era todo mundo sequestrado político. Isso era uma angústia muito grande. Ficávamos imaginando como avisar quem estava fora, a família. Para que eles soubessem onde procurar. Os guardas compravam cigarro. Foi dentro de um maço que mandei um bilhete para a família de um amigo que estava preso também. Ana acende um cigarro na janela.

Se consegue tragar é porque o ar ainda passa para dentro do corpo.

Nunca decorou telefone de ambulância ou polícia. Tem cabeça que não é para números. Nem para ambulância, nem para polícia. Isso não vai funcionar. Precisa de Henrique. Liga. Vem aqui mais um pouco? Acabei de sair. Estou com medo de morrer. Olha o que você está me falando. Isso é loucura. Nunca disse isso para ninguém, mas acho que posso morrer. O pior é quando vinham buscar um amigo. A gente ouvia os gritos. Era uma tortura quando um companheiro ia para o pau. Alguém pode estar atrás de mim, meu pai pode ter mandado alguém. Não confio nele. É você quem ele mandou? Está louca? Te pegar por quê? Você está aqui porque ele pediu? Ana, para de falar isso. Então vem aqui, vem, por favor,

estou com medo.

Não imaginava que se interessariam por mim, nunca tinha feito uma ação. Achava que passaria batido, estava no nível mais baixo da organização. Eu já cursava economia, ocupava um cargo na diretoria do Centro Acadêmico, mas era só isso. Por que seu pai ia querer te pegar? Você nunca fez nada. Não fiz nada mesmo.

Só que meu pai não é confiável.

Uma das sequelas que me martirizam o tempo todo é o sentimento de que alguma coisa vai dar errado na minha vida. Já saio de casa perseguido por uma ideia, a ideia de que não vai dar certo. Não aguento mais. Calma, estou indo. Desliga o telefone, mas ficar sem ninguém a deixa pior. Fica andando de um lado para outro e acende mais um cigarro. Olha a lista dos telefonemas em cima da mesa, todas aquelas ligações anônimas.

Sente-se imensamente sozinha.

A única pessoa que sabe da sua agonia está em algum lugar entre o hotel e o apartamento. Talvez nem tenha saído ainda. E se fosse ao encontro dele? Vai até a janela. Empurra o vidro para cima com força, olha para a rua, a calçada, vê algumas pessoas. Parecem tranquilas quando vistas de cima. Respira o ar de fora, parece sempre melhor que o de dentro. Decide descer. O corredor comprido e o elevador pequeno que não chega. São só quatro andares. Desce alguns degraus e os joelhos não se articulam.

Ana cai

do íntimo ao chão.

As quinas dos degraus vão passando por seu quadril, meio de lado, os ossos batendo e o corpo descoordenado. Chega dolorida ao terceiro andar e

se vê exatamente onde está.

Apoia as mãos no piso frio e duro. Toca o concreto.

Enquanto se levanta, ouve alguém chegando de elevador no andar de cima. Quer perguntar: Henrique?

Abre a boca e não consegue falar.

Ouve quem saiu do elevador abrir a porta de casa. Não quero ser vista. Suspira. Ainda tremendo, faz o caminho de volta. Senta-se na beira do sofá preto e respira para se acalmar. Vê seu reflexo na televisão à sua frente. Se acalma, Ana. Que loucura, isso tudo é loucura. Sabe que Henrique não lhe falaria a verdade sobre o pai, talvez porque estivesse no jogo, quem sabe nem soubesse de tudo, poderia estar sendo enganado. Ana pega o telefone e, sem pensar mais, telefona. Alô. Pai, preciso te fazer uma pergunta. Mal sente o próprio corpo:

Você entregou o tio na época da ditadura?

Isso é mentira. Mentira de quem? Foi o Paulo que te falou essa besteira? Ana não consegue dizer nada. Fala para seu tio procurar a turma dele. Você passa meses sem me ligar e me vem com essa? Desliga. Ana deita dolorida no sofá.

Sente todas as articulações.

Segura forte nas pernas para suportar a passagem do tempo.

O ar lhe falta. Suspira entrecortado.

Sente medo que o oxigênio acabe.

Virgínia Ferreira nasceu em Belo Horizonte, em 1976. Cresceu entre Ribeirão Preto e Campinas. Hoje, mora em Brasília. É doutora em Antropologia pela UFRJ e servidora pública atuante no Ministério da Cultura. Publicou os contos "Algum livro" na antologia *Conto a gotas* (Dedalus, 2021) e "A brincadeira" na coleção *Férias macabras* (e-book Amazon Kindle, 2023). Durante a pandemia, criou a live Vinho e Escrita, quando conversa com outros escritores, e conduziu o grupo de leitura Conto no Grupo. Foi leitora crítica em curso de escrita, tem atuado como editora de contos e mentora para a escrita de livros. *Chumbo* é seu primeiro romance.

Edição Bruno Zeni
Capa e projeto gráfico Sílvia Nastari
Revisão Lila Zanetti

Dados Internacionais de Catalogação na Publicação (CIP)
(Laura Emilia da Silva Siqueira CRB 8-8127)

Ferreira, Virgínia
Chumbo / Virgínia Ferreira; capa, Sílvia Nastari; texto da orelha, Jacques Fux. 1ª ed. – São Paulo: Editora Quelônio: 2023. (Coleção Valsa de Esquina, 17).
128 p.; 14 x 21,5 cm.

ISBN 978-65-87790-52-7

1. Ficção: Literatura brasileira 2. Literatura brasileira: Romance I. Ferreira, Virgínia. II. Nastari, Sílvia.

13-20238 CDD 869.93

Índices para catálogo sistemático:
1. Ficção: Literatura brasileira
869.93

Editora Quelônio

Rua Venâncio Aires, 1072
Vila Pompeia
05024-030
São Paulo - SP
www.quelonio.com.br

Valsa de esquina

Coleção de literatura brasileira contemporânea

VALSA
de esquina

/

A literatura atual desconhece limites de gênero, estilo ou tema: o romance se fragmenta, o conto e a crônica se enlaçam, indistintos, a ficção está permeada de memorialismo e fantasmagoria, a poesia deriva para o prosaico – ou retoma, ora sarcástica, ora elevada, o rigor formal. Nessa contradança contemporânea, a narrativa, a lírica, a crônica e a memória se atracam, furtivamente, em uma valsa desencontrada.

A coleção Valsa de Esquina toma emprestado o título de um conto de Dalton Trevisan, incluído em *Novelas nada exemplares*, primeiro livro do autor. Também presta homenagem às "Valsas de esquina" compostas para o piano por Francisco Mignone.

Fontes Neue Haas Unica Pro e Garamond
Impressão Nossa Impressão
Tiragem 300 exemplares

Coleção Valsa de Esquina, volume 17
São Paulo, julho de 2023